邪神に転生したら配下の魔王軍がさっそく滅亡しそうなんだが、どうすればいいんだろうか5

登場人物紹介
Main Characters
ドラクゥ
大魔王に即位し、
辺境のアルナハより
魔界に覇を唱えようとしている。
アイザック
人界の錬金術師。
〈聖堂〉に追われ
魔界に来る。
平《ひら》乃《の》凡《ぼん》太《た》
元サラリーマン。
異世界に転生して、
ドラクゥの邪神「ヒラノ」となる。

ザーディシュ
ドラクゥの最大の敵。
通称〈北の覇王〉。
リ・グダン
ゴブリンシャーマン族。
ドラクゥの命を狙う。
グラン
ドラクゥの軍学の師。
その才はいまだ衰えを
知らない。
ハツカ
ドラクゥの兄弟子で、
軍略の天才。
ダッダ
武に長けた
ドラクゥ配下の将軍。

●登場人物紹介２

【大魔王ドラクゥ陣営】

ヨシナガ：前世でヒラノの高校の先輩だった。ヒラノよりも先にこの世界で女神をしている。豪放磊落《ごうほうらいらく》で破天荒な性格。

エリィナ：ドラクゥの義妹。ヒラノの邪神官長を務める。信仰の発展や失われた教義の理解に非凡な才を見せる。
ラーナ：ドラクゥの妃で、龍人族。女性ながら、政治感覚や戦術眼は人並はずれている。
ラ・バナン：ゴブリンシャーマン族の魔王の長子。内政に力を発揮する。
シュリシア：リザードマンの文官。有能なものの、融通がきかないところもある。

タイバンカ：小役人風の容姿をしているが、かつては〈赤の軍〉上級将校だった。
カルキン：人鹿族《ワーディア》の将軍。良くも悪くも凡庸。
ロ・ドゥルガン：ゴブリンジェネラル。名高い傭兵隊長だった。歩兵を率いる。
ル・ガン：ホブゴブリンの老将。左の頬《ほお》に古い傷痕がある。
シュノン：ダークエルフの魔王。諜報活動を担当している。

フィルモウ：妖鳥属《ガルダ》の魔王。魔界と人界をつなぐ都市の統治を任される。
クォン：コボルトの老人。かつては商人をしており、幅広い知識を有している。
ルクシュナ：元〈赤の軍〉の上級将校。現在は外交関係の仕事をすることが多い。

【皇太子レニス陣営】

レニス：母方に大魔王家の血を持つ。皇太子位に就《つ》くが、実際はザーディシュの傀儡《かいらい》。
黒髪姫：『三国志』の武将呂布《りょふ》に憧れる邪神。一騎当千の武の持ち主。
ラコイト：ザーディシュの腹心として、主に政《まつりごと》の部分を担う。
ダーモルト：ラコイトの曾祖父。先代大魔王の時代より文官として力を振るっていた。
バルバベット：人蝙蝠族《ワーバット》の文官。
シーナウ：ドラクゥの弟弟子。

ジャン：グランの孫。軍監としてグランに同行する。祖父には複雑な感情を持つ。
アルカス：〈赤の軍〉の上級将校。ジャンのお目付け役のような立場にいる。

【獣王ガルバンド陣営】

ガルバンド：通称〈西の獣王〉。多くの魔王を纏《まと》め、西の地を治めている。
ライグラン：人虎族《ワータイガー》の魔王。ガルバンドの後継者。

カルティア：リ・グダンの副官を務めるハーピィ。
サーフォート：リ・グダンの配下の夜魔族《やまぞく》。

【その他】

ウォーレン：アイザックに仕える家宰《かさい》。
ワキリオ：リホルカンの腹心であるオーク。
パルミナ：〈淫妖姫《いんようき》〉と呼ばれたシェイプシフターの魔王。ドラクゥに討たれる。

【天界の神々】

ギレノール：エルフの神。ヒラノの友人で、かつての恋敵。友情に厚い。
エドワード：人熊族《ワーベア》の邪神。天界の無差別格闘技の元チャンピオン。
マルクント：賭博神《とばくしん》。天界で数々の賭場を形成している。ヨシナガのライバル。
リルフィス：人界の〈風の神〉。人間との間に娘ルロをもうける。
ヨハン：通称〈初神者《しょしんしゃ》喰い〉。オイレンシュピーゲルの『悪戯《いたずら》』の餌食《えじき》になる。

【唯一神陣営】

オイレンシュピーゲル：悪戯《いたずら》の神。唯一神側に寝返る。
セシリー：唯一神の部下の大天使長。小柄な老婆の姿をしている。
ヴィオラ：オイレンシュピーゲルの指示で、〈滅神剣《めっしんけん》〉を盗む。唯一神の娘。
唯一神：己に従わぬ神を一掃《いっそう》し、地上に一神教〈聖堂〉を広めようとしている。

人界
北の覇王領
蝗帝の支配地域
魔都
西の獣王領
南の蛮王領
東の冥王領
パザン
ジョナンの赤い森
キリ・シュシュツ
アルナハ
人界
バァル・ゴナン
魔界

目次

第一章　風ノ如シ

山の向こうに、夕陽《ゆうひ》が沈もうとしていた。

稜線《りょうせん》に消える寸前、陽光は名残《なごり》のように一瞬、強さを増す。

ドラクゥは、馬上でその光を見つめていた。訓練の後の、つかの間の休息だ。夜の帳《とばり》が辺りを闇に閉ざす前に、宿営へ一〇〇〇の兵とともに戻らねばならなかった。

指揮する兵は、騎兵ではない。馬に乗ってはいるが、まだそう呼べるほどの練度ではなかった。兵も馬も、訓練を通して戦うことに慣れなければならない。

対峙する相手が〈赤の軍〉だと考えると、今のままの一〇〇〇では、何の役にも立たないだろう。だが、鍛《きた》えるために費やすことのできる時間は、あまりにも短い。

「主上《しゅじょう》、いかがですか、人界の馬の乗り心地は」

「タイバンカか。存外に、良いな。鍛《きた》えれば面白いことになる」

タイバンカは、ドラクゥが南に落ち延びたときからの武将だった。元は〈赤の軍〉の上級将校だったが、自らも出奔《しゅっぽん》してドラクゥに付いてくることを選んだ。

小役人風の男であるものの、一〇〇〇や二〇〇〇の騎兵を扱わせると、驚くほどの力を見せる。これまでドラクゥの麾下《きか》には騎兵がいなかったので、無任所《むにんしょ》の武将という役割しか与えることができていなかった。

ようやく、馬を手に入れることができたのだ。歩兵だけで戦うよりも、使うことのできる戦術の幅は、格段に広くなる。

歩兵の訓練は、ゴブリンのロ・ドゥルガンやル・ガンといった将に任せている。特に元傭兵《ようへい》のロ・ドゥルガンの練兵はさすがで、歩兵は平原での戦い方を既に身につけつつある。

連携の訓練もしなければならない。騎兵だけ、歩兵だけといった訓練のやり方では、どちらの兵種も本当の強さを引き出すことができないのだ。

ただ、それにはまず、騎兵が騎兵としての戦い方を学ぶ必要がある。ドラクゥの騎馬隊は、まだまだその段階にも達していない。

「馬はこれからも増えます。牧場はもう少し広くした方がよろしいかと」

「それは余《よ》も考えていた。獣王から租借《そしゃく》できるよう、親書も送ってある」

人界から購入した馬は、魔界でも最上級の馬に遜色《そんしょく》がないほどに大きく、力強い。一瞬の速さでは魔界の産に一歩譲るが、持久力があるところをドラクゥは気に入っている。

長く駆けることができるということは、それだけで大きな武器になるはずだ。戦略を考える上でも、手数を増やせる。相手の思わぬところに指すことのできる駒《こま》は、得難《えがた》い存在だった。

ドラクゥの置かれている状況は、厳しい。

かつての師〈万化《ばんか》〉のグラン・デュ・メーメル率いる南征軍が、獣王領を経由して南進を続けている。基幹となる戦力は、廃嫡《はいちゃく》される前のドラクゥが率いていた〈赤の軍〉だ。

その数は、二万。

魔界でも最強の呼び声高い騎兵集団である敵を迎え撃つには、まだ準備が整っていないと言わざるを得ない。

「それで、南征軍の足取りはその後掴《つか》めたのですか」

「いや、はっきりとしたことはダークエルフでも探り出せていない。南に向けて分進しているようだが、どこが目的地なのか、いつ集まるのか、ということまでは分からない」

魔都を進発した後、〈赤の軍〉は忽然《こつぜん》と姿を消していた。

二万の軍を、見失う。あってはならないことに、諜報《ちょうほう》を任せてあるダークエルフも随分と色めきたったものだ。調べてみると、五〇〇程度の塊《かたまり》に分かれてばらばらに進撃しているらしいのは、分かった。

ダークエルフを街道周辺に重点的に置いたことが、完全に裏目に出ている。四〇に分かれた敵の全てを追うことは、もはや不可能と言ってもいい。敵は道もない平原を、掠奪《りゃくだつ》しながら進んでいる。

〈万化〉のグランらしい、意表を突いた策だった。

「珍しいこともあるものです。ダークエルフであればそのようなこと、すぐに調べ出しそうなものですが」

「どうやら、妨害《ぼうがい》を受けているらしい」

「ダークエルフを妨害《ぼうがい》できる者が？」

「ああ、シェイプシフターが動いている気配がある。もちろん、残党ではあるが」

「シェイプシフターとは穏やかではありませんな」

魔界には色々な種族が住んでいる。自在に姿を変えることのできるシェイプシフターもその一つだった。彼らは自らの特性を活かし、隠密《おんみつ》活動を得意とする。ドラクゥの抱えるダークエルフの密《みっ》偵《てい》とは、仇敵《きゅうてき》の間柄《あいだがら》にあった。

特定の種族を、敵にしたくはない。それが、ドラクゥの思いの根底にある。

大魔王として、魔界の百族全てを等しく統《す》べたいと、本気で考えていた。その中には当然、シェイプシフターも含まれている。今は敵対していても、それは置かれている状況によってやむなく敵対しているだけだと考えたかった。いつかは、味方にすることができる。

「寝返らせることはできないでしょうか」

何をとタイバンカは言わなかったが、〈赤の軍〉のことだというのは、はっきりと伝わった。彼も元は〈赤の軍〉で将校をしていたのだ。抜けたとは言え、今でも仲間だという意識があるのだろう。気持ちは、ドラクゥにも何となく分かる。

「難しいだろう。そのことは、お前自身が一番よく分かっているはずだ」

「はい。〈赤の軍〉は近衛《このえ》です。易々《やすやす》と裏切ることはないというのは分かっております。しかし、近衛《このえ》が立つべきはドラクゥ様のお側《そば》であるべきです」

「〈大魔王〉だからか」

「それも、あります。ただ、それだけが理由ではありません。大魔王の地位にあることのみが〈赤の軍〉の忠誠を受ける理由になるのであれば、〈北の覇王《はおう》〉がレニスを擁立《ようりつ》したとしても条件を満たすことになります。しかし、私はそうは思いません」

「分からんな、タイバンカ。忠義の対象は好みで決めるものではない。そんなことを許せば、魔界の一統など夢のまた夢だ」

「畏《おそ》れながら、押し付けられたものを甘受することも、忠義ではないと考えます。尽くすべき相手にこそ、忠義は発揮されるべきです」

ドラクゥは、小さく唸《うな》った。

忠誠は、忠誠だ。その思いは変わらない。近衛《このえ》である〈赤の軍〉が寝返ることはないだろうという思いも、変わってはいない。だが、それは自分がそう思い込みたいからだと、タイバンカの言葉で気付いた。

汚れることを無意識の内に恐れていたのかもしれない。

策を使う相手には、策を使った。それは相手の手も汚れているからで、ドラクゥ自身の中で道理が通ったために使うことができた、という気がする。

次に戦わねばならない〈赤の軍〉には、それがない。指揮官であるグラン・デュ・メーメルは幾《いく》らかの策を使うだろうが、あくまでも盤上の策だという気がする。

だが――

清いものと戦うのに、汚れた手で指したくない。そんな考えが、単なる思い上がりに思えてくる。秩序《ちつじょ》のある魔界を理想に掲《かか》げるドラクゥにとって、忠誠の対象とは濫《みだ》りに変えることのできないものだ。しかしそれは、目指すべき姿、あるべき姿の話だった。

理想と現実は異なる。理想を実現するためには、目を開いて現実を見つめねばならない。ただ、分かっていても、手を汚すことには躊躇《ためら》いがある。

誰かに相談を持ちかけたい。そう思って脳裏に浮かぶ相手は、師であるグランであり、兄弟子のハツカであり、そして邪神ヒラノだった。

これが、弱さなのだろう。甘さと言えるのかもしれない。王であるドラクゥは、最後の最後には自分で全てを決めねばならないということは分かっていた。だが、迷いは強い。

「〈赤の軍〉が余の麾下《きか》に加われば、それは心強いことだと思う」

希望を、口に出してみる。

今まであまり、実現の道筋が思いつかない願いは言わないようにしていた。

ドラクゥの育った宮中では、不用意な一言が利権を生み、政争を呼ぶ。だから、いつの間にかそういう言葉を口にすることはなくなっていたのだ。それが何故《なぜ》か、口を衝《つ》いて出た。

「主上はそう思っておられるだけで良いと思います。口に出してさえいただければ」

「どうすればいいのか、余に策はないのだぞ？」

「そのために、臣下がおります」

「余の個人的な願いのために、臣下を動かすというのはな」

「全てを抱え込まれるべきではありません。私も含め、臣下は主上の目指す魔界のために命を捨てる覚悟で働いているのです」

「命を無駄にさせることになるかもしれん。犠牲《ぎせい》を厭《いと》うているわけではないのだ。とはいえ、命というものは、使うべきところで使うべきだと思う」

「ご立派です。しかし、もう少し臣下を頼っていただきたい」

「そうは言ってもな、汚いことも、させることになるかもしれん」

「そういう命令を、厭《いと》う臣下もいるでしょう。それは仕方のないことです。ただ、主上はもっと大きな視野でものを見てください。たった一言、お命じになれば良いのです」

　軍監のジャン・デュ・メーメルを、消せ。その言葉は、喉《のど》の奥まで出かかっていた。

　軍監を除けば〈赤の軍〉はこちらに転がり込む。そうでなくても、気持ちはこちらに傾くだろう。

　タイバンカがそう言わせたいことは分かった。言えば、タイバンカ自身が動くであろうことも、分かる。

「主上、私が」

「もう良い、タイバンカ。もう良いのだ」

タイバンカの言葉を遮《さえぎ》った。内心ではまだ、迷っている。

いつの間にか、草原の空は星の光に埋《う》め尽くされていた。夜になると、草原は冷える。馬上にいても、地から冷たさが這《は》い上がってくるようだ。

「分かりました、主上。差し出がましいことを申し上げたと反省しております」

「諫言《かんげん》は、ありがたく受け取る。だが、この話はこれまでだ」

「御意《ぎょい》にございます」

それだけ言うと、タイバンカは陣に戻った。兵を纏《まと》め、宿営に戻る準備を始める。

タイバンカの指揮により、兵たちが馬に跨《またが》り、列を作った。まだ時間がかかり過ぎている。ドラクゥの中にある騎馬隊とは〈赤の軍〉で、全ての騎兵をそれと比べてしまうのだ。

寝返らせることはできないだろうか。無理だと思っていても、以前から頭の片隅で考えてはいた。

それでも、確実な方法は一つも思いつかない。

師も〈赤の軍〉も、本来ならばこちら側にいて不思議のない存在なのだ。それが、釦《ボタン》のかけ違いのように、敵対せざるを得ない。惜《お》しいとも悔しいとも違う、何か胸の奥が焦《こ》げるような感情が、ドラクゥの中にはあった。

「戦うしかない。戦うしか、ないのだ」

馬上のドラクゥが、口の中で唱えるように呟《つぶや》く。

戦う相手は、師であるグラン・デュ・メーメルだ。悩みながら戦って、勝てる相手ではない。全力を尽くして戦っても、なお勝てない可能性の方が大きい相手なのだ。

馬腹《ばふく》を蹴る。残された時間は少ないが、やるべきことは無数にあった。

×　×　×

鍋の中身がくつくつと音を立てていた。

煮《に》えているのは麦の粥《かゆ》だ。挽《ひ》いた小麦を水に浸し、煮《に》る。それだけの単純な粥《かゆ》だった。獣王領で野営するときに摂《と》る、一般的な兵糧《ひょうろう》だ。塩があるときは、それで一味加える。こういう、腹を満たすだけの粗末なものでも、温かいというだけでありがたみを感じる。

リ・グダンが野営をしているのは、獣王領の中心、サスコ・バウ近くの平原だった。

天幕を張り、兵を鍛《きた》える。抱えている兵は、カタニアから落ち延びた一〇〇〇ほどの元傭兵《ようへい》だった。練度も士気も、低くはない。

獣王の食客《しょっかく》という扱いである。普段の糧食《りょうしょく》は保証されるが、いざ戦いになれば尖兵《せんぺい》として戦う。そういうきまりになっている。リ・グダン自身は、陣借りのつもりだった。

負け癖《ぐせ》が付いたとは思っていない。ドラクゥが強く、自分は弱かったのだ。

敗戦の理由を考え、それを一つ一つ頭の中で潰《つぶ》していく。負けることには必ず理由があるが、勝つことはそうではない。敵と比べて、どれだけ負ける理由が少ないかによって、最終的な勝者は決まるのだ。だからこそ、同じ負け方をしないようにすればいつかは勝てるのではないかという思いがある。

今は、一〇〇〇の兵を鍛《きた》え上げることだけに集中していた。

森の多いアルナハ出身のリ・グダンは、原野での戦いに不慣れだ。部下である元傭兵《ようへい》に教えられることも、少なくない。

以前持っていた自信のようなものは、リ・グダンの中から消え去っていた。それが良かったという気もしている。

陣形の組み方、行軍方法、斥候《せっこう》の出し方、そういうことを学びながら、ドラクゥとどう戦うかを組み上げていく。勝つ方法ではなく、負けない方法を考えるのだ。迂遠《うえん》な道かもしれないが、今のリ・グダンにできることはそれだけだった。

煮《に》えた粥《かゆ》を椀《わん》によそわせる。量は兵たちと同じだ。

施される糧食《りょうしょく》から、リ・グダンは少しずつ蓄《たくわ》えを作っている。元より、それほど多くの援助があるわけではない。にも拘《かか》わらず、切り詰めてでも自分の糧食《りょうしょく》を用意するのは、いつか自立して再び魔王に返り咲くためだった。

「リ・グダン様、食事が終わりましたらサスコ・バウの本営へ参りましょう。獣王が会いたいと使者を寄越しております」

いつの間にか、副官のカルティアが隣に座っている。この女ハーピィを、リ・グダンは獣王との連絡係に据えていた。面倒事を押し付けたというところもある。

獣王の都、サスコ・バウは外様《とざま》の者には暮らしにくい場所だ。

「分かった。しかし、また軍議か」

「はい。〈赤の軍〉の扱いをどうするか、決めかねているようです」

「降って湧《わ》いた災厄《さいやく》のようなものだからな。考えあぐねるのも無理はない。問題はどう動くべきか、ということだ」

「随分と揉《も》めているようです」

領内深くに侵入されても、〈赤の軍〉に対する獣王の動きは鈍《にぶ》かった。

原因は、兵が集まらないことだ。〈赤の軍〉がどこにいるのか分からないのもある。

獣王のもとには、八体の魔王がいた。人虎《ワータイガー》や人豹《ワーパンサー》、人猫《ワーキャット》の魔王たちは、人獅子《ワーライオン》の魔王を兼ねる獣王と擬似的《ぎじてき》な血縁関係を結んでおり、その結束は固い。本来であれば、獣王が一声かけるだけで、七万の死を恐れぬ兵士がサスコ・バウに参集するはずなのだ。

それが、ほとんど集まっていない。魔王たち自身はサスコ・バウに揃っているが、その下の、各部族の動きが悪いのだ。

「鉄の結束を誇る獣王軍が、一度乱れるとこうも脆《もろ》いとはな」

「仕方ありません。獣王の当代がこれまで戦ったのは、格下がほとんどですから」

「相手があのドラクゥの師では荷が重いか」

リ・グダンが本営に着いたときには、既に八魔王は揃っていた。

天幕の中に、気が充溢《じゅういつ》している。魔王が集《つど》うということには、それだけの意味があった。

獣王はまだ姿を見せていない。リ・グダンは九番目の魔王のつもりで下座《しもざ》に陣取った。そういうふてぶてしさは、いつになっても抜けるものではないらしい。

すぐに人猫族の茶坊主が藁《わら》の円座《えんざ》を運んでくる。獣王が世話をする食客《しょっかく》は多いが、一〇〇〇の兵を抱えるリ・グダンはその中でも特別な扱いを受けていた。他の食客《しょっかく》たちは、この場の空気に圧倒されているようだった。

「〈万化〉のグランに上手くはめられたな。兵が集まらんでは身動きが取れん」

人豹族の魔王が溜息《ためいき》交じりに呟《つぶや》く。運び込まれた机の上には、獣王領の巨大な地図が置かれている。兵を表す駒《こま》は、各部族の集落に置かれたままになっていた。

グラン率いる〈赤の軍〉が中隊単位で進むことなど、誰も事前に想像していない。斥候《せっこう》も全てが無駄になっている。獣王軍は、完全に後手に回っていた。

「しかし、だ。豹の叔父貴《おじき》、ここまで虚仮《こけ》にされて〈赤の軍〉に素通りされちゃあ、獣王軍の名が廃《すた》るだろう。集まった兵を糾合《きゅうごう》して、せめて一太刀なりとも浴びせにゃ」

「虎の。お前さん、威勢が良いのは結構だがな。そもそも〈万化〉のグランがどこにいるかが分からんのだぞ。軍を出しても、叩《たた》きようがなかろう」

集まった八魔王の中でも主戦派の人虎の魔王を、穏健派の人象《ワーエレファント》の魔王が宥《なだ》める。叔父や甥《おい》のような呼びかけをしているが、実際に血の繋がりがあるわけではない。八魔王の内、特に親しい人獅子、人豹、人虎、人猫の魔王は契《ちぎ》りの盃《さかずき》を交わし、義理の血縁関係を作っている。そうやって、争いが起こりがちな西の平原を纏《まと》め上げてきたのだ。

リ・グダンは机の上の地図を覗《のぞ》いた。〈赤の軍〉の中隊や斥候《せっこう》が目撃された地点が、赤字で書き込まれている。書き込みは数え切れないほどあり、目撃された順に線で結ぶことも難しい。

これだけの地点で目撃されているからこそ、各部族は兵を出し渋《しぶ》っていた。内応している部族もあるという噂《うわさ》が、より猜疑心《さいぎしん》を掻《か》き立てている。

グランが兵を集結させるのはどこだろうか。リ・グダンの目は、地図の南側を舐《な》めるように見渡す。候補は多いように見えて、意外に少ないのかもしれない。

最終的にドラクゥと対峙することを考えれば、サスコ・バウよりも南、パザンの近くだろう。ただ、近過ぎても駆け引きができない。

そうやって考えれば、いくつかの城市が怪しく見えてきた。内海の沿岸、人魚族《マーマン》の城市であるオルビス・カリスなどの戦略的価値の低い拠点を除けば、五つか六つの城市が浮かび上がってくる。

ここに重点的に斥候《せっこう》を置くことで、機先を制することができるかもしれない。

そう発言しようとしたとき、大天幕の入り口が俄《にわ》かに騒がしくなった。

「静まれ、獣王様のご出座である！」

「獣王様ご出座！」

人獅子の戦士を引き連れて天幕に入ってきたのは、〈西の獣王〉ガルバンドだ。眼光は鋭い。手入れされた金色のたてがみを靡《なび》かせながら、獣王は上座《かみざ》に腰を下ろす。騒がしかった軍議の場が、水を打ったように静まり返った。

獣王領において、人獅子の魔王ガルバンドは疑似血縁の頂点であり、全ての魔族の親や祖父の立場になる。その言《げん》は絶対で、逆らうことは文字通り死を意味した。

「〈赤の軍〉がどこにいるか、分かったのか？」

低く唸《うな》るような問い掛けが、大天幕に響いた。声には参集している者すべてを圧倒するだけの威圧感がある。食客《しょっかく》の中には、思わず目を伏せる者もいた。

一番上座《かみざ》に近い人豹の魔王が、口を開く。

「獣王様、〈赤の軍〉の集結地点は、未《いま》だ掴《つか》めておりません」

「これだけの時間を掛けても分からぬか」

「はい。それだけ巧《たく》みに動いております」

「まぁ、良い。下《くだ》らん策に踊《おど》らされたが、今から〈万化〉のグランがサスコ・バウを襲うとも考えにくい。そんなことをしている余裕もない。そうだな、虎」

「はっ。集まった兵で順次、防備は固めております」

天幕の集まってできる移動城市とはいえ、サスコ・バウにも防御施設はある。ここを騎兵だけで陥落《かんらく》させるには、奇襲しかない。その機が既に失われている以上、グランの目的はパザンに絞《しぼ》られる。

この考えには、リ・グダンも同意できた。後は、どれだけ早くパザンを強襲できるかが鍵となってくるだろう。

「根無し草のままでは糧食《りょうしょく》がどうしても足りなくなる。五〇〇を食わす掠奪《りゃくだつ》と、二万を食わす掠奪《りゃくだつ》というのは、全くの別物だ。獣王軍七万は、それにさえ注意しておけばいい」

「御意《ぎょい》にございます」

放っておけば、飢える。獣王の言いたいことは分かる。

二万の騎兵は精強だが、その力を発揮するには十分な補給が必要になる。それが受けられない以上、ドラクゥとの戦いは短期決戦にならざるを得ない。

わざわざ獣王軍が〈赤の軍〉と事を構える必要はないというのが、獣王の考えのようだ。

——だが、本当にそうなのだろうか。

リ・グダンはまだ、腑《ふ》に落ちないものを感じている。

敵はあのドラクゥの師なのだ。何か恐るべき秘策を持っているのではないか。

「今回の〈赤の軍〉の出兵、我が獣王軍にとって寝耳に水ではあった。だが、何の問題もない。〈大魔王〉と〈北の覇王〉には勝手に争わせておけばよいのだ。間にこの獣王がいる限り、どちらも魔界を統一することなどできはしないのだからな」

獣王の言葉は、強い確信に満ちていた。

〈大魔王〉と〈北の覇王〉。間に立って、両方から利益を得る。そして、隙《すき》があればさらに力を伸ばす。その野心は、リ・グダンにとって不快ではない。似たものを、自分も抱えているからだ。

「とは言っても、無断で獣王領を通り抜けられるのは、四天王の我らの沽券《こけん》に関わる。嫌がらせの一撃を与えることは、必要だろうな」

獣王の視線が、末席のリ・グダンを捉えた。目はまっすぐにこちらを見ている。

「そうは思わんか、ゴブリンの食客《しょっかく》」

「リ・グダンだ」

「食客《しょっかく》の名など、どうでも良い。それよりも、〈赤の軍〉に一撃を加える仕事をしてみるつもりはないか」

「そんなことは無意味だと、獣王様自身が言ったではないか」

「意味はない。ただ、面子《メンツ》というものがある。そして、魔王は面子《メンツ》の商売だ」

魔王の権能を、商売と割り切る。この感覚は、リ・グダンにはないものだった。

力こそが全てという獣王領を統《す》べる者だけに見える、現実の在り方なのかもしれない。

「世話になったとはいえ、獣王の面子《メンツ》のために兵を使い捨てることはできん」

「世話をしたのだ。こういうときに命で払え。食客《しょっかく》とはそういうものだ」

獣王は、会話を楽しんでいる。ただの食客《しょっかく》が言い返してくるなど、考えもしなかったのだろう。

反論されたこと自体、ほとんど経験がないのかもしれない。

「〈赤の軍〉を叩《たた》いている場合ではない」

「食客《しょっかく》の分際で、〈西の獣王〉に指図するか」

「指図ではない。軍議に呼ばれたから、意見を言っている。〈赤の軍〉と結ぶべきだ。連合して、ドラクゥを討つ」

ガルバンドの目が、一度大きく見開かれ、また元の大きさになった。

ただ、片頬《かたほお》だけが微《かす》かに引き攣《つ》ったようになっている。苦笑を浮かべるときの癖《くせ》なのかもしれない。

「〈大魔王〉を討つか。面白いことを言うな、ゴブリン」

「〈廃太子〉ドラクゥは、これからますます力を付けるはずだ。今この好機を逃せば、獣王領は併《へい》呑《どん》されることになる」

「それは無理だな。南の森は深い。兵は養えて、二万か三万。七万の獣王軍を糾合《きゅうごう》すれば、北進に蓋をすることができる。ドラクゥは死ぬまで〈南の大魔王〉のままだ」

「奴を甘く見るな。どんな奇策を使うか分からん」

「奇策、奇策と言ったところで、天地の理《ことわり》を変えることはできんのだぞ、ゴブリン」

「天地の理《ことわり》など、変える必要があるか。そんなことをせずとも、奴は信じられない手でこちらの裏を掻《か》くぞ」

言い争いに熱が籠《こも》るに従い、居並ぶ魔王たちの表情に険《けん》が混じりはじめた。獣王が楽しそうにしていなければ、この場で斬って捨てられそうな雰囲気《ふんいき》すら漂い出している。

「裏を掻《か》くか。確かに〈大魔王〉の師、〈万化〉のグランには裏を掻《か》かれた。それでも、サスコ・バウを迂回《うかい》する程度の策に過ぎん。策で補えるものなど、所詮《しょせん》はその程度よ。グランの〈赤の軍〉も、平原で立ち枯れするしかあるまい」

それは違う、とリ・グダンは叫び出しそうになった。

あのドラクゥの師なのだ。ただサスコ・バウを迂回《うかい》するだけで済むはずがない。

リ・グダンを言い負かしたと思ったのだろう。獣王は喉《のど》を鳴らして笑っている。何か言い返さなければならない。そう思ったとき、天幕に伝令が駆け込んできた。

「伝令！　〈赤の軍〉により、沿岸のオルビス・カリスが制圧されました！」

×　×　×

まるで、魔法でも見ているかのようだった。

城市が半日も経たずに陥落《かんらく》する。本来なら、ありえることではない。

オルビス・カリスの守備隊は、草原から湧《わ》き出すように現れた二万の騎兵に驚き、戦意を喪失《そうしつ》した——ということになっている。

〈赤の軍〉に軍監として同行しているジャン・デュ・メーメルは、それが嘘だということを見抜いていた。

最初から、決まっていたのだ。南征軍総司令官であり、祖父でもある〈万化〉のグラン・デュ・メーメルは、出陣前からオルビス・カリスの守備隊と内応の約束を取り付けていたにちがいない。そうでなければ、この手際《てぎわ》の良さは説明が付かなかった。

「軍監殿、荷揚げは上手く進んでいるかな」

「万事、滞《とどこお》りなく。明後日の正午には完了するでしょう」

グランに問われ、ジャンは作業の進捗《しんちょく》を報告する。

目の前では起重機が船から荷を下ろしていた。二万の騎兵が食うに困らないだけの兵糧《ひょうろう》である。グラン・デュ・メーメルは、ダーモルトから受け取った兵糧《ひょうろう》を、海路でオルビス・カリスまで運搬《うんぱん》していた。

オルビス・カリスは、城市というよりも水塞《すいさい》と呼んだ方が似つかわしい。岩礁《がんしょう》だらけの内海に張り出すようにして建てられた街並みは、杭《くい》と木板の上に載せられているようなものだ。ジャンの今立っている足の下でも、内海の水が波打っている。

政庁だけは元々水面に顔を出していた小島の上に建っているが、それ以外は市域のほとんどが似たり寄ったりだった。

さほど広くもないが、攻めにくい。平原部にある外郭《がいかく》と内海上の街に繋がる橋を落として籠《こも》れば、わずかな兵力で守ることができる。

「将軍は最初から、オルビス・カリスに目を付けていたのですか」

「ここが、南限だからな。内海は遠浅の海だ。大型の輸送船が入港できる港は、これより南にはない。であれば、ここを狙うしかないだろう。ドラクゥが待ち構えるパザンとも、それほど離れていないところでもあるし」

「そのままパザンを強襲すると思っておりました」

〈千変《せんぺん》〉のジャン・デュ・メーメルとは、そういった悲愴《ひそう》な戦いをするのか？　退路は確保しておくべきであろうに」

「退くことの、許されない戦いです」

「勝つか、全滅。そんなものはまともな戦争とは言えんよ」

「常にまともな戦争ができるとは限りません」

「まともでない戦争を押し付けられたら、それをまともな方に持っていくのが総司令官の務めだ。覚えておくといい」

まともでない戦争といえば、確かにこれほどまともでない戦争も珍しい。

与えられた戦力は、全てが騎兵だったのだ。精強さで知られる〈赤の軍〉とはいえ、騎兵だけでは城を落とすことなどできない。

その異常さも、グラン・デュ・メーメルは取り除いていた。

「輸送船に乗ってきた六五〇〇の傭兵《ようへい》は、城外に野営をさせております」

「うむ。間に合ったようで良かった」

「いつの間に準備しておられたのですか」

「出兵が決まった日には、馴染《なじ》みの傭兵《ようへい》連隊長に声を掛けておいた。ドラクゥの方に、ロ・ドゥルガンという名うての傭兵《ようへい》隊長がおってな。それと繋がりが全くない傭兵《ようへい》に絞《しぼ》るのは、随分と骨が折れた」

「敵の将の名も、全て把握《はあく》して戦争をするのですか」

「敵の将の名も、全て把握《はあく》せずに戦争をするのか」

敵の将を知る。そういうことは、あまり考えたことがない。

配属された部隊では、賊徒《ぞくと》の討伐のようなことばかりをやっていた。

それなりに上手くやれていたという自負はある。部隊を自在に操るので、〈千変〉という二つ名も贈られたのだから。

敵がどう動くかということは考えず、ひたすらに機を見た。相手に何か兆候《ちょうこう》があれば、それを見逃さずに叩《たた》くのだ。自分の戦い方ができるときは滅法《めっぽう》強かったが、負けるときは不思議なくらいにあっさり負けた。賊徒《ぞくと》相手に翻弄《ほんろう》された経験さえあるのだ。

それでも若くして将軍の位にのぼれたのは、〈北の覇王〉が引き上げてくれたからだという思いがある。恩には、報《むく》いなければならない。

敵の将を知る。

グランが言っているのは、名のことだけではないだろう。得意な戦術、苦手な戦術、そういったことも把握《はあく》しているに違いない。そういう戦《いくさ》の組み立て方があるということを、ジャンははじめて学んだ。

「将軍から見て、ドラクゥの陣営で警戒すべき将はおりますか」

「ふむ、そうだな。まずはドラクゥ自身。それと、行方《ゆくえ》の知れないハツカが加わっていれば、この二者は最大の脅威《きょうい》になる」

「どちらも、将軍の弟子ではありませんか」

「師を越えられぬ弟子しか育てられんのなら、その者は師であることを辞《じ》するべきだな。根本的に向いていない」

「そうおっしゃる割には、勝つ自信がおありのようですが」

「どんな強敵にも、勝つことを諦《あきら》めないのが武官だからな。この二者を除けば、タイバンカとルクシュナ。これは元々〈赤の軍〉にいた。先に名を挙げたロ・ドゥルガンやル・ガンといったゴブリンたちも、侮《あなど》れんな。後は、〈青〉のダッダという人熊《ワーベア》の将軍がなかなかの突撃をすると聞いている。クォンやフィルモウという将もいるが、前線は離れているな」

一体、どれだけの将の名を祖父は知っているのだろう。

名を挙げた者の中には、一〇〇〇の指揮しか任されていない者も含まれているようだ。〈大魔王〉ドラクゥが旗上げしてから、まだそれほど経っていない。わずかな期間で調べ上げたのか、ずっと観察していたのか。

いずれにしても、気の遠くなるような準備をして、この戦いに臨んでいるということだけは確かだ。

「意外と、層が厚い。そう言っているように聞こえます」

「そう言っているのだ。〈大魔王〉の将帥《しょうすい》としては数が少ないが、粒選《つぶよ》りではある」

「こちらは将軍とアルカス、それに私しかおりませんが」

「二万の兵を率いるのには、将軍級の者が三人いれば上等だ」


翌日の朝から、城壁の外での訓練が始まった。

グランはこの場にいない。オルビス・カリスの主立った者たちと、話し合いの場を持っていた。

そういうことも、総司令官はしなければならない。

訓練は、騎兵と歩兵の連携である。歩兵として使う傭兵《ようへい》は、五〇〇〇だけだった。

一五〇〇はオルビス・カリスの守備に回す。元からいる守備隊と合わせれば、かなりの戦力になる。

「アルカス、将軍はオルビス・カリスを拠点として維持するつもりなのだろうか」

「どうでしょうか。そういう構えを見せるというだけでも、意味のあることに思えますが」

補給のために制圧したのではなく、ここを拠点として使う。

そうなれば、戦いの構図は全く変わってくる。ドラクゥと獣王の間に、南征軍の支配地域が現われるのだ。一撃でパザンを抜き、そのままアルナハを直撃するような、苛烈《かれつ》な戦いをする必要はなくなる。

必ずしも、そうする必要はない。そういった構えがこちらにあると見せるだけで、ドラクゥは対応を迫られることになる。一度だけ二万の騎兵が攻めてくるのと、二万の騎兵を抱える敵がすぐ近くに拠点を持つ。どちらが苦しいかは、明らかだった。

「まだ始まってもいないのに、凄《すさ》まじい戦《いくさ》だと思う」

「軍監殿もそう思われますか。私も、ずっと驚いております。さすがは〈万化〉のグランと呼ばれるだけのことはある」

「〈千変〉より〈万化〉か。私はこの戦《いくさ》で、祖父との差が一〇倍以上開いていると思い知らされ続けているような気がする」

「誇られればよろしいのです。素晴らしい祖父を持ったと」

祖父の偉大さを認められない自分がいる。ジャンはそのことを、恥とは思わなかった。捻《ひね》くれた近親憎悪だという自覚はある。祖父がこの戦《いくさ》を使って、自分に遅まきながらの教育を施してくれていることは、分かっている。それでも、どうしても素直に認めることができない。

目の前では、騎兵と歩兵が駆け回っている。連携とは、呼びにくい。

騎兵の練度はさすがだが、歩兵の動きは目を覆わんばかりに鈍《にぶ》かった。慌《あわ》てて集められた傭兵《ようへい》はこの程度のものなのだろう。武器を構えて、陣を維持するだけでも精一杯というありさまだ。

「アルカスはこの歩兵をどう見る」

「どうでしょう。敵からの攻撃を受け止めることは、できるのではないでしょうか」

「それで十分か」

「十分かどうかは、あまり問題ではないでしょう。上を望めば限りがないのですから。敵の動きを食い止めることは、騎兵だけでは絶対にできません」

「なるほどな」

やはり、祖父は速戦で勝負を付けるつもりだろう。

練度が低くても歩兵がいれば、南征軍はオルビス・カリスに籠《こも》ることができる。そういう罠《わな》なのだ。ドラクゥは、座視できない。パザンに籠城《ろうじょう》するのではなく、討って出る必要に迫られるだろう。

ドラクゥ自身には、これが罠《わな》ということが見えている。それでも食い付かねばならない。

オルビス・カリスの港湾を使えば、魔都からの増援を迎えることができる。実際にグランに増援が送られることはないだろうが、ドラクゥの立場ではそれを警戒しなければならないだろう。

時間が経てば経つほど、〈大魔王〉は不利になる。その恐怖が臣下に蔓延《まんえん》することだけは避ける必要があるのだ。

平野に引き摺《ず》り出せたなら、〈赤の軍〉は強さを最大限に発揮できる。逆に言うと、そうならなければ最強の騎馬隊も、無意味なのだ。

自軍の強みを最大限に活かし、敵の強みを殺していく。ジャンにもようやく、グランがどのように考えているのか、輪郭《りんかく》が見えてきた。そんな気分になりはじめている。

「そう言えばアルカス、〈赤の軍〉の中に鎧《よろい》が酷《ひど》く汚れている者がいるが」

「ああ、あれはグラン将軍のご指示でした。到着してから間がなかったので、まだ拭《ぬぐ》えていない者もいるようです」

「どういうことだ？」

「進路により、真紅《しんく》の軍装を目立たせる者と、鎧《よろい》を汚して目立たせない者を分けたのです」

「何故《なぜ》そんなことを、わざわざ……」

言い掛けて、ジャンは気付いた。

頭の中に、獣王領の地図を思い描く。汚れていない鎧《よろい》を着た者は、おそらく西へ大きく膨《ふく》らむ道を進んだのだろう。あるいは、パザンへ直進する進撃路を採ったのかもしれない。

その一方で、オルビス・カリスに向けて進んでいると疑われそうな中隊には、偽装を施す。こうすることで、獣王とその配下の目をこの港町から背《そむ》けさせたのだ。

オルビス・カリスを狙うような大戦略を立てながら、その実施にも細やかな気を配る。

そういう発想は、ジャンの中には存在しなかった。グランの行いの全てが教育なのだ。ジャンには理解できていない小さな工夫は、もっと多く隠されているのだろう。

「なるほど。戦《いくさ》とは、奥が深いな」

「戦いながら学ぶしかないのです。戦略と、実際に動く作戦、そして戦場での戦術。座学で学べるものもありますが、そうでないものも多い」

「学ばねばならんことが多そうだ」

「終わりはありませんよ。グラン将軍ですら、まだ学んでいるおつもりでしょう」

そう言われれば、そうだという気がしてくる。

師を越える弟子を育てられないのなら、師を辞《じ》すべきだとグランは言った。

だが、ドラクゥやハツカが巣立った後も、グランは研鑽《けんさん》を続けているのだ。だから、負けないという自信が生まれる。その生き様《ざま》は、今のジャンには眩《まぶ》しく見える。

連携の訓練は、まだ続いていた。この訓練にも何か隠された意味があるのではないか。

ジャンは、グランの全てを盗もうという気になっていることに、自分でもまだ気付いていなかった。

×××

出撃したのは、リ・グダンの一〇〇〇だけだった。

他の魔王が臆《おく》したのではない。逆に、全員が先鋒《せんぽう》を志願しさえした。だが、彼ら全てを出撃させると、獣王はグランと全面的な交戦に入ることになる。それは避けたいという思いが、当のガルバンドにはあるようだった。もし獣王の直轄軍がグランに敗れることになれば、混乱は収拾の付かないものになる、というのもあるだろう。

真意は別のところにあるのかもしれない。そんなことも、リ・グダンは考える。

グラン率いる〈赤の軍〉の闖入《ちんにゅう》で動揺した獣王領に、サスコ・バウから睨《にら》みを利かせる必要もあるからではないか。

オルビス・カリスの郊外でグランが兵の訓練を行《おこな》っているという噂《うわさ》は、軍議の場にも伝わってきていた。動揺する者もいる。ガルバンドは落ち着き払っていたが、内心はよく分からない。

噂《うわさ》の中には、敵に歩兵が交じっているというものもあった。

誰もが見間違いを疑ったが、そうではないらしい。三〇〇〇から五〇〇〇の規模の歩兵が、騎兵とともに訓練をしている。

グランが騎兵だけでなく歩兵も擁《よう》しているということになれば、オルビス・カリスをそのまま占領され続けることも覚悟する必要があった。

獣王の意を汲《く》んで、リ・グダンは自分から敵地への偵察《ていさつ》を申し出た。

強制されるくらいなら、その前に動く。貸しのつもりはなかったが、これで獣王の見る目も変わるかもしれない。

馬上で、背中の剣を確かめる。

布に包まれたそれは、今のリ・グダンにとって宝のようなものだ。ドラクゥから、奪った。正確に言えば、ドラクゥがオクリ神に投擲《とうてき》したものを拾ったのだ。

銘《めい》は、神代《じんだい》文字で〈破神剣《はしんけん》〉と刻まれている。

剣の詳しい由来は、分からない。部下である夜魔族《やまぞく》のサーフォートによれば、かなり古くから大魔王家に伝わる剣だという。そういうものを、身に帯びている。その事実が、リ・グダンを昂揚《こうよう》させる。

「兵は借りなかったのですね」

「偵察《ていさつ》だ。余計な兵は邪魔になる」

カルティアの声には、微《かす》かに咎《とが》めるような色が混じっていた。

剣を質《しち》として差し出せば、さらに二〇〇〇の兵を貸す。

獣王ガルバンドの持ちかけてきた取引を、リ・グダンは蹴っていた。

剣が惜《お》しいということもある。一度質《しち》に差し出してしまえば、もう戻ってきはしないだろう。ガルバンドは武器の蒐集家《しゅうしゅうか》としても知られている。本来なら大魔王家が手放すはずのない神代《じんだい》の剣を、みすみす返すはずがない。

なにより、首輪をつけられるのが嫌だった。

今のリ・グダンが恃《たの》みにするのは、自ら訓練を繰り返した一〇〇〇の兵だけだ。

ほとんど自分の身体の延長のようにも思えるこの部隊を、戦場で縦横に動かしてみたい。そう考えれば、加勢は邪魔でさえある。

自軍の二倍の兵に気を使うのも嫌だった。誰の下にも立つつもりはない。

「リ・グダン様。こちらの兵力は一〇〇〇でしかありません。当たれば、負けます」

「分かっている。オルビス・カリスの様子さえ確認できれば、すぐに退く」

「なるべく遠くからの確認にしてください。敵は〈赤の軍〉ですから。追われれば、振り切ることは難しいと思います」

「カルティアに言われずとも、それくらいのことは分かっている」

苦労して鍛《きた》え上げた兵だ。そう易々《やすやす》と失うつもりはない。

訓練でも、ガルバンドの親衛軍と真正面から戦えるほどに練り上げていた。だからこそ、食客《しょっかく》の中でも特別な地位を与えられている。

「〈万化〉のグランの狙いは、なんでしょうか」

「それを、これから確かめに行くのだ。要《い》らぬ先入観は見るべきものを見えにくくするぞ」

「しかし、敵は偽装もしているでしょう。郊外での訓練も、見せつけるためにやっているという気がします。何も考えずに行ったのでは、見落としもあるかもしれません」

「そういう考え方も、あるか」

この逃亡生活の中で、カルティアはリ・グダンにもはっきりと物を言うようになった。元から女にしておくのは惜《お》しいほどの才を持った副官だったが、ここに来てその力はますます伸びている。指摘も、リ・グダンの気付いていないところをしっかりと捉えたものが多い。

「オルビス・カリスに籠《こも》ることはあるでしょうか」

「そう見せかけた誘いだという気がするな。ただ、籠《こも》られて一番困るのはドラクゥだ。パザンより討って出なければならん」

「罠《わな》と分かっていても、出なければならないと」

「オルビス・カリスに籠《こも》るのは良策だ。水の上に突き出た城市を拡大し、魔都からもっと兵を呼ぶ。

賊徒《ぞくと》の中で物分かりの良さそうな奴を傭兵《ようへい》に仕立て上げ、船に乗せてしまえばいいのだ。それでオルビス・カリスは落とせなくなる」

「しかし、〈西の獣王〉と対立することになります」

「今だって対立しているようなものだ。城市を一つ、占領している。その意味は大きい。どうせなら近隣の城市を二つ三つ落とし、ここに魔都の直轄地を作る。文官も要《い》るからな。煙たがられている〈白髯《はくぜん》〉のダーモルトあたりをここに島流しにすればいい」

「聞けば聞くほど、実現しそうな気がします。『見せかけた誘い』である必要すらないと思います」

「いや、〈万化〉のグランはそういう手を絶対に使わない」

「どうしてですか?」

「〈万化〉のグランと〈廃太子〉ドラクゥの戦争ではなくなるからだ。そんなことをしてしまえば、魔都と〈大魔王〉ドラクゥの戦争になる。それでは、ここまでお膳立《ぜんだ》てをした意味が全くなくなってしまう」

これは、戦棋《せんき》だ。オルビス・カリスの制圧は、対局の誘いに過ぎない。

そのことが、傍目《はため》で見ているリ・グダンにはよく分かる。何故《なぜ》なら、自分も一度はやってみたい戦争だからだ。

「獣王は、虚仮《こけ》にされているということですか」

「もっとひどいな。対局の場を提供させられているのに、完全に無視されている。今の獣王ガルバンドは、試合を横で見る観客に過ぎない」

自分もその立場だということを、リ・グダンはあえて口に出さなかった。

もっと力があれば、試合が一番盛り上がったところで横合いから殴《なぐ》り付けてやりたい。それがまだできない自分の立場が、恨《うら》めしい。

何か一つ、ドラクゥでもできないようなことを成し遂げてみたい。気持ちは、そちらに向きはじめている。

そのとき、どこか遠くで狼《おおかみ》の遠吠えが聞こえたような気がした。

「カルティア、退くぞ!」

「えっ、しかし、リ・グダン様!」

草原の向こう、二つ離れた丘陵《きゅうりょう》に馬群が見えた。

騎乗する兵の鎧《よろい》は、赤い。〈赤の軍〉だ。

数は、五〇〇ほどだが、見た瞬間に肌《はだ》が粟《あわ》立った。

速い。そう思ったときには、距離が縮まっている。逃げるしかない。考える前に、身体は動いている。

馬群はまるで一個の生き物のように、草原を駆けてきた。

いい勝負ができるかもしれないという気分は、もうどこかに去っていた。

×　×　×

街はいつもより閑散《かんさん》として見えた。

パザン市の南東部には、ひしめき合うように小さな店が軒《のき》を連ねている。

少々いかがわしい種類の店だ。間口は狭いが奥に長い。小料理屋として商《あきな》っているのは建物の前半分だけで、奥の半分では女が客を取っている。賭博《とばく》をさせる店もあるはずだ。

安っぽい脂粉《しふん》の臭いが漂う、ここは歓楽街だった。

ダッダは、こういう場所とは無縁の生き方をしている。今日も、別の用件だった。

目に付いた小料理屋に足を踏み入れる。

選んだ理由は特にない。強《し》いて挙げるなら、客が多そうだということだろうか。

客と言っても、ほとんどが兵士だった。パザンが戦場になると聞いて、耳聡《みみざと》い民は南へと避難を始めている。

避難先としてはアルナハが一番人気だが、カタニアや、人界との境に造られるという新しい城市を目指している者も多い。

代わりに、南方の全域から兵士がパザンに集められている。

手狭な店の中は程々に混んでいて、ダッダは座る場所を探して見渡さねばならなかった。

「なんだ、〈青〉のダッダ殿ではないか」

混雑の中から声を掛けてきたのは、ハツカだった。卓の上に乗って、小さな陶製の器で濁酒《どぶろく》を飲んでいるらしい。ダッダがここを訪れたのは、この人鼠《ワーラット》を探すためだった。

ハツカの向かいに座り、ダッダも濁酒《どぶろく》を頼む。肴《さかな》のような気の利いたものは、こういう類《たぐい》の店にはない。

「よくここが見つかったものだな。連れ戻しに来たのか」

「ハツカ殿は主上の誘いを断ったのだ。男の決めたことに、どうこう言うつもりはない。ただ、会って話がしてみたかった」

「居所を吹聴《ふいちょう》して回ったつもりはない。住んでいたところも引き払った。見つかるはずはないと思ったのだがな」

「パザンをもう発《た》っていると思った。だから、パザンの中を探したのだ」

「あべこべではないか」

「避難する民に紛《まぎ》れれば、姿を隠してパザンを発《た》つことは難しくない。探そうとするなら、城市の外に目が向く。そう考えるだろうと、オレなりにハツカ殿の考えを予想したのだ」

嬉しそうに目を細め、ハツカが杯の中身を呷《あお》る。つられて、ダッダも一杯目を干した。

店主に二杯目を催促すると、甕《かめ》ごと卓に運んできた。金離れの良さそうな客だと見られたのだろう。

ダッダは店主に銀貨を握らせた。必要な分より、幾《いく》らか多い。気前の良さを見せるのは悪いことばかりではないはずだ。

「そういう考え方をするようになったのか、ダッダ殿は」

「自分でも驚いている。当たっていたか」

「正解、と言いたいところだが……路銀がないだけだな」

「幾《いく》らか用立てようか。これでも将軍のような立場だから、貰《もら》うものは貰《もら》っている」

「いや、ダッダ殿にそこまで世話になるつもりはない。ちょっとした仕事でもして、日銭を稼《かせ》ぐつもりだ。戦端が開かれる前には、ここを出ていけるだろう」

戦端という言葉に、ダッダは小さく唸《うな》った。

戦いがいつ始まるのかは、まだ誰にも分からない。ダッダには、主戦場がどこになるのかということさえ読めないのだ。だがハツカは、もう少し先になると読んでいるような口ぶりだった。

「戦いは、いつ始まるんだろうな」

「さて。それを決めるのはダッダ殿の主だろう。私の知るところではない」

「その割には、パザンからの転居が間に合うと見ているようだ」

「どうだろう。間に合うという気はする。ただ、私の読みも外れるかもしれんよ。師匠は随分と熱烈に誘いを掛けているようだし」

「誘い、か。なるほど」

オルビス・カリスの郊外で獣王の偵察隊《ていさつたい》一〇〇〇が、半数以下の〈赤の軍〉に手もなく捻《ひね》られた。

その話は、パザンにも伝わっている。隊はほとんど壊滅《かいめつ》し、将であったリ・グダンも行方《ゆくえ》が知れないという。

「敗残兵となった偵察隊《ていさつたい》への追撃は相当に執拗《しつよう》だったらしい。生きてサスコ・バウまで逃げ延びた兵はほとんどいなかったと聞くな。さて、これで予想される師匠の意図とは何だろう」

「オルビス・カリスの情報を持ち帰らせたくなかった、ということだろうか」

「それでは満点にはほど遠いな、ダッダ殿」

「では、どういう意図があったというのだ？」

「オルビス・カリスの情報を持ち帰らせたくなかったのだ、と相手に思わせることだろう。実際に持ち帰られること以上に、そちらを気にしている」

軍学を齧《かじ》りはじめたばかりのダッダには、よく分からない話だった。

恐ろしく高度な騙《だま》し合いを、ドラクゥとグランは演じている。そのことだけは、薄《うっす》らと理解できた。

「手の込んだことだな」

「恋愛の手管《てくだ》と同じだよ、ダッダ殿。我が師はドラクゥに恋文を送っている」

「何故《なぜ》そんなことが分かる。本当にただ、オルビス・カリスの守備を見られたくなかったということはないのか」

「それならば、私たちが偵察隊《ていさつたい》の壊滅《かいめつ》を知っているはずがない」

「どういうことだ？」

「オルビス・カリスを探っていた偵察隊《ていさつたい》が何も探れぬまま壊滅《かいめつ》した、という噂《うわさ》を流しているのは、他ならぬ〈万化〉のグランにちがいない。流言蜚語《りゅうげんひご》は師匠の好む手だ。彼以外にこの噂《うわさ》を流して得をする者はいやしないよ。相手である獣王にしてみれば、己の失態など誰にも知られたくないはずだ」

その話を聞いて最初に感じたのは、面白い、ということだった。

以前の自分であれば、嫌悪を感じたかもしれない。策を弄《ろう》するということは卑怯《ひきょう》だと思い込んでいた時期が、ダッダには確かにあった。

複雑に絡み合う互いの策の中から、本当の意図を読み取る。それは、今までに感じたことのない昂揚《こうよう》を、ダッダの中に呼び起こしていた。

「では、主上はその手に乗るだろうか」

「我が弟弟子殿もそう易々《やすやす》とは乗らんだろうね。何と言っても、敵は〈赤の軍〉の騎兵二万。ドラクゥが三万の兵を掻《か》き集めても、草原で戦えば一戦で蹴散らされる」

「パザンに籠《こも》るしか、勝つ手がない、と」

「ドラクゥはパザンに籠《こも》るしかないが、籠《こも》れば籠《こも》るほど不利になる。そういう状況を、師匠は作り出そうとしているように見えるな」

出れば負ける。出なければ、ますます不利になっていく。

そういう次元の戦《いくさ》があることを、ダッダは生まれて初めて知った。今まで戦ってきたのは、いかにして目の前の敵を叩《たた》き潰《つぶ》すかという、暴力の延長に過ぎない。

主であるドラクゥや、〈万化〉のグラン、そして目の前のハツカのような視点から、戦《いくさ》を見てみたい。そういう気持ちが、確かに芽生《めば》えつつある。

「〈万化〉のグランの方が、上手《うわて》か」

「どうだろうね。ドラクゥはあれで、なかなかしたたかなところがある。師匠は戦いを戦いとして愉《たの》しんでいるが、ドラクゥはまた別の視点からこの戦いを見ているようだな」

「別の視点というと、政治か？」

「そうだ、政治だ。ひょっとすると、竜裔族《ドラゴンハーフ》の奥方が絡んでいるのかもしれんが」

「というと？」

「新しい城市だよ。あれは、ドラクゥの頭から出る発想ではない。デュ・メーメル門下の者は、今ある現実から先を見通す訓練はたっぷりと積む。だが、全く新しい何かをそこに生み出すことは、あまり得意ではない」

ハツカが濁酒《どぶろく》で口を湿《しめ》らせる。酔っているようには見えないが、少し饒舌《じょうぜつ》になっているのかもしれない。そうでなければ、ほとんど面識すらないダッダにこれだけのことを話してくれるとは考えにくかった。

「ダッダ殿は、この通りを見てどう思った。つまり、いつもと比べてという意味でだが」

「随分、閑散《かんさん》としているとは感じた。兵は多いが、それだけだ。普段はもっと、パザンの住民で溢《あふ》れていたと思う」

「うん、よく見ているな。客だけではない。店も、かなり閉まっている。店主たちも、南に逃げはじめているんだな」

「店があるのに、か」

かつて、パザンで店を構えるのは容易なことではなかった。

人熊の時代も、シェイプシフターの時代も、税とは別にそれなりの額を収めなければ、出店の権利が手に入らない。そういう街だったのだ。

苦労して手に入れた出店権を、そう簡単に手放すものだろうか。

「そこが、ドラクゥの巧妙なところだ。パザンでの出店権と引き換えに、新城市の出店権が手に入る。避難した店主たちは、向こうですぐに店を出せるということだ。巧《うま》い考えだとは思わんかね、ダッダ殿」

「新しい城市の規模を早く大きくするために、戦争を利用しているのか」

「利用しているとまで言うと大袈裟《おおげさ》かもしれんが、上手く扱っているとは思う。戦いの上では苦境に立たされているが、その状況さえも何かに使おうというのは、並の魔王では、思い付いても実践《じっせん》できるものではない。貨幣についても何か考えているようだしな」

「主上は、凄《すご》いな」

「成長した、ということだ。師匠の下にいたときのドラクゥからは想像もできない」

杯《さかずき》を干したハツカに、ダッダは濁酒《どぶろく》を注いでやる。

難しい戦いだが、その中でダッダの主君は懸命に足掻《あが》いているのだ。そんなときに、自身は何をやっているのだろうか。ただ、言われるままに兵を率いていればいいのだろうか。

「ハツカ殿、一つ折り入って頼みがあるのだが」

「断る」

左の小指で耳を掃除《そうじ》しながら、ハツカは薄く目を閉じている。

「主上に仕えてくれというわけではない。別の頼みだ」

「軍学を教えてくれ、だろう？」

「……そうだ」

「断る」

ハツカの口調はにべもない。考えてみれば当たり前のことで、ダッダに軍学を教えてやる義理はどこにもないのだ。

「そこを、何とか頼む」

それでも、ダッダは頭を下げた。今の自分が成長するために必要なのは、武ではなく智だ。ドラクゥの役に立つ。そのためには、ハツカの下で軍学を学ぶのが最も正しい道だと思えた。

俯《うつむ》くダッダの耳に、ハツカの溜息《ためいき》が聞こえる。

「分かった。ドラクゥの誘いを断ったことは、俺にとっても忸怩《じくじ》たるものがある。〈青〉のダッダの教師役、引き受けよう」

「本当か！」

「ああ、ただし、俺のやり方は師匠譲りだ。厳しいぞ」

第二章　林ノ如シ

馬車の揺れが酷《ひど》くなった。

草の匂《にお》いが強い。街道を外れたのだろう。ここから先、大きな都市はもうない。広がる草原の中にぽつりぽつりと集落が点在しているだけだ。

人の世界の涯《はて》、魔の世界の入り口。

アイザックは狭い幌馬車《ほろばしゃ》の中で、じっと蹲《うずくま》っていた。手にしている羊皮紙《ようひし》は揺れが酷《ひど》くて読めない。錬金術の奥義に近付くためには一刻も無駄にできないのだが、この場合はそうも言っていられなかった。

研究拠点の移動、と言ってしまえば聞こえは良いが、要するに逃亡だ。

しかも、確実に追っ手が掛かっている。逃げ切れるかどうかは全く分からないが、それでも今までの場所に留まることはできなかった。

「若、あと数日も走れば大河が見えます。そこを越えれば、魔の領域です」

祖父の代から家宰《かさい》として雇っているウォーレンが、御者席《ぎょしゃせき》から覗《のぞ》き込む。

魔の領域に逃げようと提案したのは、このウォーレンだった。

若、と呼ばれることに若干《じゃっかん》の苛立《いらだ》ちを覚えながら、アイザックは座り直す。ずっと同じ姿勢で座っていたので尻が痛い。

これまでにいくつもの検問を、荷物に紛《まぎ》れて越えてきた。ここまで捕まらなかったのは奇跡《きせき》と言ってもいい。

「爺《じい》、本当に魔族の者は我らを受けいれると思うか？」

「受けいれると信じましょう。錬金術を研究する若と学派の皆様の知識は、彼らにとっても有益であるかと存じます」

「有益無益で、魔族が物事を判断するものだろうか」

「〈聖堂〉が流布《るふ》しているような者ばかりでもありませんよ、魔族も」

〈聖堂〉という名を聞くと、アイザックの胸は痛んだ。

長く〈聖堂〉から白眼視《はくがんし》されてきた錬金術師は、正体が明るみに出れば、葬儀《そうぎ》もしてもらえないどころか、火炙《ひあぶ》りにされることさえある。故《ゆえ》に、数もそれほど多くはない。

それでも、錬金術には無数の学派がある。研究分野や真理に関する考え方の違い、哲学性の差は埋《う》めることのできない溝《みぞ》として、錬金術師を分断してきた。

アイザックの家は〈白の学派〉を代々統《す》べる家柄《いえがら》である。

白などと冠しているが、研究の内容は他の学派と比しても尖鋭的《せんえいてき》で、危なげなものも含んでいた。

ただ、逆にそれが縁《えん》となり、父の代に〈聖堂〉と密《ひそ》かに関わりを持つようになった。

だから、〈白の学派〉に籍を置く限り、〈聖堂〉から排斥《はいせき》されることがなかったのだ。

〈聖堂〉に敵視され、排除されるはずの錬金術師が、彼らのために働く。皮肉としか言いようがない。

そのことに疑問を感じて去っていく弟子は多くいたが、残る者も少なくなかった。

そんな蜜月《みつげつ》に終わりがやってきたのは、ほんの半年ほど前だった。

これまで〈聖堂〉の命《めい》で様々なものを研究してきた父が突如疎《うと》んじられ、最終的には不審な死を遂げたのだ。原因はおそらく〝火精《かせい》の秘薬〟だろう。

〈聖堂〉は再三にわたってその秘薬の研究を止《や》めるように勧告してきたが、父は聞き入れなかった。

錬金術師としては周りの見える方だったが、それでも学派を統《す》べるほどの男が、一度のめり込んだ研究を途中で止《や》めることなどできるはずがない。

「まるで、魔族を知っているかのような言い草だな、爺」

「若はご存知ないと思いますが、お父上の若い頃には魔族の行商があちらの珍しいものを売りに来ていたものでございます」

「へぇ。はじめて聞いた」

「コボルト族の商人で、確かクォンという名でしたか。なかなか良いものを扱っておりました。若の叔父上とは随分と親しくしておりました」

「叔父上は変わり者だったからな」

「変わり者でない錬金術師などおりますまい」

「それもそうだ」

馬車がまた大きく揺れ、荷物を入れた箱が軋《きし》んだ音を立てる。

この中には、羊皮紙《ようひし》に纏《まと》められた学派の研究をはじめ、様々な試料が詰められていた。

魔界に移住して研究を続けるために必要だということもあるが、残していくとそれだけで色々な悪事が露見しそうなものも含まれている。

「変わり者、といえば例のアレも持ってこられたのですか？」

「……ああ、持ってきた。アレさえ積まなかったら、もう少し書物も載せられたのだが」

「書物については、分かれて魔界を目指しておられる学派の方々に期待しましょう。アレは曾祖父《そうそふ》さまの研究ですからな」

アレとは、蜘蛛《くも》だ。学派の紋章にもなっている。

曾祖父《そうそふ》の代から〈白の学派〉で殖《ふ》やし続けている、少し変わった種の蜘蛛《くも》だった。

そんなものを後生大事に育てていたせいで〈白の学派〉は他の錬金術師から随分と莫迦《ばか》にされている。

「……向こうでは餌《えさ》が安く買えればよいのだが」

「そうですな」

途中で妨害《ぼうがい》を受けることもなく、馬車は大河の畔《ほとり》まで辿《たど》り着いた。

夜だというのに、妙に明るい。対岸と中洲《なかす》に、無数の松明《たいまつ》の光が煌《きら》めいているのだ。

馬車を下りてその様子を眺めていると、身体が鱗に覆われた魔の者が近付いてきた。

古い伝承にあるリザードマンだろうと、アイザックは当たりを付ける。

だが、変だ。アイザックの知る限り、これほど西にリザードマンは住んでいない。

魔界でも南東部の湿地に住んでいるはずのリザードマンが何故《なぜ》、人界との境で歩哨《ほしょう》などしているのか。

「ようこそ、人の子よ。何か用だろうか」

意外にもリザードマンは大陸共通語を使った。舌が長いからか、舌の擦過《さっか》で訛《なま》りがある。

それでも、田舎の農村で聞くよりもよほど聞き取りやすい。

「移住を考えている」

リザードマンの目が、くるりと動いた。表情は、読めない。

人の顔と根本的な構造が違うのだ。そこから何かを見出すのは難しそうだ。

「取引ではなく、移住を望むのか」

「そうだ。馬車を見てくれ。家財道具一式を持ってきた。この城市は、人も魔も分け隔てなく受けいれると聞くが、それは偽りか？」

アイザックの問いに、もう一度リザードマンの目が動く。

今度の動きの意味は、何となく分かった。笑ったのだ。それも嘲笑《ちょうしょう》ではない。

リザードマンも笑みを浮かべるのだ、と当たり前のことにアイザックは気付いた。

「ようこそ、人の子よ。当市は移住者を歓迎します」

その後に移民事務所に案内されて行われた移住の手続きは簡潔だが、的を射ていた。元よりアイザックには魔族を見下すつもりはない。それでもここまですんなりと話が進んだことには舌を巻いていた。

この城市の法は丁寧《ていねい》に整備されている。人界を広く見渡しても、ここと同じ水準の戸籍を持ったところはほとんどないだろう。

「――錬金術の工房、ですか」と、リザードマンが低く唸《うな》る。

「はい。研究を継続するためにも、それに適した場所が必要です。何とか用意していただけないでしょうか」

アイザックの要求はたった一つ。錬金術の研究に使える工房に住まわせてほしいということだけだ。最低でも、ウォーレンとは一緒に暮らす必要がある。

それなりの大きさの居住区域と、工房。通いでも構わない。だが、研究の効率から言えば、住居と工房は併設《へいせつ》されていることが望ましかった。

コボルトの役人は少し考え、手元の羊皮紙《ようひし》に何事かを書き付けて封蝋《ふうろう》を捺《お》した。

それを逓送用《ていそうよう》と縫《ぬ》い取りのされた布袋に入れる。こういう手続きもあらかじめ定められているのだろう。

「特別な技能を持った新住民の方は、それに応じた住宅の配給を受けることができます。とは言っても、用途によって場所や広さに適不適があるでしょうから、城市の執政府にこの書類を持っていってください。そちらで対応させていただきます」

コボルトの丁寧《ていねい》な扱いには、職務以上の好意が感じられた。

人族がどう扱われるかというのは、全く無用の心配だったようだ。

アイザックは、ウォーレンとともに移民事務所を後にする。

拡張途中の街路は活気に充ち溢《みあふ》れ、アイザックが名も知らぬ種族の魔物が日干し煉瓦《れんが》や木材を抱えて往来を闊歩《かっぽ》していた。

「賑《にぎ》やかな街だな、ウォーレン」

「ええ、王都に匹敵《ひってき》するかもしれませんな」

〈白の学派〉の本拠地があったのは、アルディナ王国の王都だ。

新興国としては大きな王都を抱えていた。だが、防御《ぼうぎょ》に拘《こだわ》るあまり商業にはあまり向いていない。

それに引き替えこの新しい城市は、完成すれば商業も大いに潤《うるお》うであろうという気配がある。

石畳の道は幅が広く、傾斜が付けられていた。水捌《みずは》けをよくする工夫だろう。

こうした心配りは、新たに街を作るときに組み込んでおかなければならない。後から手を加えることは難しい。

外敵からの攻撃に備えることよりも、都市を富ませることに主眼が置かれている。そういう街づくりが徹底されているようだ。

アイザックは軍事には疎《うと》いが、城壁の破られた城市は守りを続けるのが容易ではないということは想像がつく。だからこそ、そのときに備えて街を形成するものだが、ここはそれにあまり気を配っていないように感じる。

このような街を作ろうとするのは、どんな考え方の魔族なのか。

人界では最高峰の知識人と渡り合ってきたという自負がある。魔族の知恵者が何を考え、何を語るのか。今のアイザックの関心はそれだけに向いている。

要所に建てられている高楼は見張り櫓《やぐら》のように見えた。しかし、よくよく見れば凝《こ》った意匠《いしょう》が施されている。一つ一つが邪神を崇《あが》める神殿になっているらしい。

「すみません、ここの神殿ではどのような神を崇《あが》めているのです？」

アイザックが尋《たず》ねると、神殿の高楼を見上げていた人族の青年は慌《あわ》てたように振り向いた。黒髪に黒目。この辺りではあまり見ない服装をしている。

「ここでは、商《あきな》いの邪神を祀《まつ》るらしいですよ」

「商《あきな》いの邪神。そういう信仰もあるのですか」

〈聖堂〉への信仰が広まっている人界では、神と言えば唯一神のことだ。

天使への祈りも捧げるが、帰依《きえ》するのは唯一絶対の神に限られる。邪神というものが複数存在することは、アイザックも錬金術の研究で知っていた。ただ、こうまで開け広げに人族の青年の口から邪神という言葉を聞くと、違和感を覚えてしまう。

「商《あきな》いの邪神と言っても、元は雷の邪神なんですけどね。商業にもご利益がある、ということみたいです」

商業の神について尋《たず》ねたのに、何故《なぜ》か照れくさそうに青年が答える。

この神に帰依《きえ》している信者なのだろう。自分の崇《あが》める神を褒《ほ》められれば嬉しくなるという気持ちも分からなくはない。

信仰しなければならないのなら錬金術の邪神にしたい、という思いがある。問題は、そういう邪神がいるかどうかだ。

ウォーレンは先程から何か考え込んでいるのか、一言も発していない。

「一柱の神に複数のご利益ですか。思っていたよりも邪神信仰は奥深そうだ。どの神に帰依《きえ》するか、今からしっかり考えないと」

「色々な邪神がいますよ。熊の邪神なんかも、人気が高いです」

「熊ですか。しかし、唯一神への信仰を捨てて新たに帰依《きえ》するのなら、よほどしっかり考えないと……」

アイザックの言葉に、青年は不思議そうに首を傾げた。

「捨てる必要はないですよ」

「えっ」

「唯一神への信仰を持ったままこの街に移り住むことはできますし、その上で別の邪神を信仰することもできます」

「二柱以上の神を信仰することもできる、ということですか」

「そう言うと少し語弊《ごへい》がありますね。〈大魔王〉ドラクゥは個別の民の信仰に口を出さない、ということです」

この青年は何を言っているのだろうか。

アイザックは、俄《にわ》かには理解ができなかった。

もし彼の言っていることが本当であれば、魔界ではいわゆる〈聖堂〉に代わるような強力な信仰の砦《とりで》が存在しないということになるのではないか。これまでは、邪神殿がその役割を担《にな》っているのではないかと思っていたが、そうでもないらしい。

個々人が好き勝手に信仰をし、複数の神に祈りを捧げる。そんな信仰のあり方が、果たして本当に存在し得るのだろうか。

「そういう信じ方で、邪神がお怒りになることはないのだろうか」

「俺はあんまり気にしていませんけどね」

「ああ、それは信者の方では気にしないかもしれませんが……」

不思議なことを言う青年だ。

邪神殿の高位聖職者かとも思ったが、それにしては気負いがなさすぎる。職業柄《がら》、色々な人間を見てきたアイザックだが、この青年の生業《なりわい》はとんと想像がつかない。

「何にしても、この街は良いところです。もっと良い街になる。移住されるのでしたら、歓迎しますよ」

「確かに。ここは良い街だ。そして、もっと良くなる」

どちらにせよ、アイザックもウォーレンも、人界に居場所はないのだ。歓迎されようがされまいが、しがみついてでもこの街で暮らす必要がある。

何となく青年と道行きになり、そのまま城市の政庁に案内してもらうことになった。

工事中の街路の辻々には樹が植えられており、涼しげな木陰を作っている。その下では物売りたちが声を嗄《か》らし、水や酒、ちょっとした果物を桶《おけ》から売っていた。

水を飲む客にはコボルトやゴブリンが多いが、人族も交じっている。

賑《にぎ》わいは、既にできあがった街のもののようだ。

大通りを真っ直ぐに東へ向かっていると、河に突き当たった。

上流からは何艘《そう》もの平底船が、切り出された石を積んで下《くだ》ってきている。この城市の建設は豊富な石材に支えられているようだ。

中洲《なかす》には、城郭にも見える広壮な建物が聳《そび》えていた。

「あれが政庁です。なかなかのものでしょう」

青年の指差す先に見える政庁は、建設途中だが確かに大きい。アイザックの目には、大きすぎるようにさえ見える。一国の首都を管掌《かんしょう》する役所として、いや、王城としてさえ使えそうな規模に見えた。

「確かに立派ですが……あちらにはどう渡るのでしょうか？」

橋を探していたウォーレンが呟《つぶや》くように尋《たず》ねた。河に架かる大きな橋梁《きょうりょう》はない。渡し舟を使うということもアイザックの頭を過《よぎ》ったが、それでは対岸とこちらに二つの別々の城市が存在するようなものだ。

青年は、子供がとっておきの玩具《おもちゃ》を披露《ひろう》するような顔で笑った。

「これです！」

青年の指示した先には、確かに変わった形をした橋があった。

見慣れた形の橋梁《きょうりょう》ではない。それはむしろ、連なった小舟の群れに見える。これでは気付くはずもない。

「小舟の上に板を渡しているだけのようにも見えますが」

「ええ、リザードマンが浮桟橋《うきさんばし》を作るときの工法だそうです」

ウォーレンの問いに、青年は嬉しそうに説明する。

「石造りの橋を架けるには、この河は水量が多すぎます。水深も、かなりある。もし長い時間をかけて橋ができあがったとしても、何かがあって壊れてしまうと再建するのにまた莫大《ばくだい》な時間がかかります。それに比べれば、この浮橋はとても合理的です」

それだけではあるまい。

アイザックには、この橋の本当の意味が薄々感じられた。

人界と魔界とを繋ぐ橋だ。頑丈《がんじょう》であれば、〈聖堂〉が東征する際の足掛かりにもされかねない。

この橋であれば、惜《お》しげもなく焼き捨てることができるだろう。

その狡猾《こうかつ》さと周到さは、アイザックにとって好ましいものだ。

この城市の支配者が〈聖堂〉に対して警戒心を持てば持つほど、アイザックと〈白の学派〉が生存することのできる可能性は飛躍的に増大する。

河には中洲《なかす》に辿《たど》り着くまでにもいくつかの小島があり、そこを経由するようにして浮橋は向こう岸に辿《たど》り着くらしい。

「これは面白いな。ウォーレン」

「はい、若様」

中洲《なかす》までの距離はかなりのものだ。三角測量をすれば大まかな距離は分かるのだろうが、少なくとも人界の橋梁《きょうりょう》技術ではこの長さの橋を渡すことは不可能と言っていい。

そうかと言って、舟による渡しだけに頼る方法では、熟練の船頭の数が物流の上限を決めてしまう。この方法なら、確かに船頭の負担を減らすことはできるだろう。

「問題は、舫《もや》い綱《づな》なんですよね」

「舫《もや》い綱《づな》に何か問題が？」

問題の解決は錬金術師の仕事である。何か手伝えることがあれば、と軽い気持ちでアイザックは青年に尋《たず》ねた。

「強度の問題です」

「強度？」

「ええ、今の方法では、重い荷物を運ぶときは綱《つな》が切れないように細心の注意が必要になりますし、何よりも一直線に中洲《なかす》に渡すことができない」

「綱《つな》を固くすればいいと？」

「材料は色々試しているみたいなんです。ただ、木の繊維《せんい》や革紐《かわひも》では限界がありますから、何か別の方法があればなぁと」

その言葉を聞いて、アイザックはウォーレンと顔を見合わせた。

浮橋は意外にも渡りやすかった。

見た目で想像していたほど、橋は揺れない。はじめはおそるおそるという格好《かっこう》だったウォーレンも、馬が横を渡るのを見て、普通に歩くようになった。

遠目に見るのとは異なり、建設途中の政庁からは未完成という印象が強い。突き出した建材が巨人の肋骨《ろっこつ》を思わせる。青空の下に曝《さら》け出すのは、優美というより無骨な姿だ。

アイザックの見たことのない、エビのような種族が土中に礎石《そせき》を据えるところから工事を行《おこな》っている。進み具合によっては、剥《む》き出しの地面がそのままになっているところさえあった。

そんな中でも、官吏《かんり》たちは忙しそうに歩き回っている。

政務の区画は粗方《あらかた》完成しているらしい。そこに詰めている者の数は、見えているだけで三〇〇を下《くだ》らないだろう。様々な種族の官吏《かんり》たちによって膨大《ぼうだい》な量の書類が瞬《また》く間に処理されていくさまは、圧巻の一言だ。

「まだ工事中で足元も悪いですが、どうぞこちらへ」

案内してくれたのは、年老いたコボルト族の男だった。綺麗《きれい》な人界の言葉を使う。

警備員でもしているのか、政庁の中だというのに鎧《よろい》を身に着けていた。青年とは顔見知りのようで、挨拶《あいさつ》を交わす言葉も親しげだ。

「どうですかな、この城市は」

「とても、良い街だと思います」

コボルトの警備員に尋《たず》ねられ、アイザックは反射的にそう答えた。

打算からではない。本心として、そう思っている自分がいるのだ。

錬金術師は学究の徒であり、世界の真理を求めている。この街の気風は、新しいものを求める者にとっては福音になるかもしれない。そう思わせる何かが、この街にはある。

「それは良かった。草原地帯からの移住者や、行商の人たちはこちらに移り住んできておるのですが、人界の中心からとなると、まだまだ移り住んでくれる人も少ない」

「人界の中心から私たちが来たと？」

訝《いぶか》しむアイザックにコボルトは破顔してみせた。

「アイザック殿は言葉にアルディナの訛《なま》りがある。おそらく、そちらの出でしょう。儂《わし》も若かりし頃は人界を旅したものです。人族の友もあった」

そこでウォーレンがあっと声を上げた。

「クォン殿！　そなたはクォン殿ではありませんか？」

「如何《いか》にも、クォン・ヴェルバニアスです。久しいですな、ウォーレン殿。いつ気付くかと思っておりましたが」

「おぉ、おぉ。コボルトは老いるのが早いと聞いておりましたが、まさか……」

くしゃりとした笑みを浮かべるコボルトに、ウォーレンは抱きつかんばかりの勢いだ。

クォンという名のコボルトも、口には出さないが尻尾《しっぽ》をぶんぶんと振っているところを見ると、嬉しいのだろう。

「ウォーレン殿を伴っておられるということは、そちらのアイザック殿も錬金術師に連なる方なのでしょう。歓迎いたします」

「ありがとうございます。後から仲間も追ってくるはずです。そのためにも」

「工房、ですな。それについては、この城市の総督であるフィルモウと話し合っていただきたい」

大きな扉の向こうは、執務室だった。

一枚板の天板を使った立派な机の上に涜皮紙《とくひし》の束が聳《そび》え、その先で大きな鳥が書類仕事を片付けている。

古い博物誌に載っていた妖鳥属《ガルダ》だろうとアイザックは当たりを付けた。記録によれば、この種族は魔界の諸族の中でも知恵のある者が多いとされている。

クォンが来意を告げると、妖鳥属は机から顔を上げ、立ち上がってアイザックたちの方まで歩いてきた。政庁の枢要部《すうようぶ》であるここまで何故《なぜ》かついてきた黒髪の青年に、丁寧《ていねい》に会釈《えしゃく》をし、向き直る。

「報告は既に。私はフィルモウ、この城市の総督をしている」

若干《じゃっかん》の魔界訛《なま》りはあるが、人界の言葉をフィルモウは使った。その語調にたどたどしさはない。堂々たるものだ。伝説にある魔王とはこういう存在なのかもしれない。

「錬金術師アイザック・ブランシェです。こちらは後見人のウォーレン」

錬金術師、と名乗ったところで、フィルモウの眉間《みけん》に皺《しわ》が寄った。

「アイザックさん、私はまだ人界の言葉に不慣れだ。特に、あまり用例のない言葉については、精確な意味が取れているのか不安が残る」

「とてもそうは思えません。大変流暢《りゅうちょう》です」

「褒《ほ》めてもらえて嬉しい」

今度は、笑った。

妖鳥属でもそういう表情をするのだ、とアイザックは不思議なおかしみを感じる。

人界と魔界を隔てる山脈さえなければ、人と魔はもっと混淆《こんこう》していたかもしれないとさえ思ってしまう。

「一つ聞きたいのだが、〝錬金術師〟という職業はどういうものか。我々の言葉に無理矢理翻訳《ほんやく》してしまうと、〝金を作り出す人〟ということになる」

「文字通りです、総督殿」

「鉱山技師か精錬技師、あるいは貨幣鋳造人《ちゅうぞうにん》のようなものと予想しているのだが、そういった技能のいずれかを持っているということか」

ここが売り込みどころだ。魔界に錬金術師がいないのであれば、〈白の学派〉は最大の錬金学派になることもできる。〈青〉や〈黒〉も、いずれこちらに勢力を伸ばそうとするだろうが、それまでに地歩《ちほ》を固めてしまえば良い。

「全てです、総督。挙げられた技能なら、私の主宰《しゅさい》する〈白の学派〉は全て提供できます」

「ますます分からなくなった。何故《なぜ》、一人でそれほど多くの技能を身につける必要がある。そこのクォンからも、人族の錬金術師というものについて少し聞いてはみたのだが、まったく理解ができない」

何故《なぜ》、と聞かれてアイザックは嬉しくなった。

このフィルモウという為政者《いせいしゃ》は、思ったよりも錬金術師に興味を抱いている。ただの技術者として扱えばいいと思っているわけではなさそうだ。それは、〈白の学派〉にとって良い兆候《ちょうこう》のように思えた。

「技術は技術です。手段であって、目的ではありません」

「目的というのは、黄金を作り出すことか」

「いいえ」

アイザックは神妙な顔で否定してみせる。ここが、勝負のしどころだ。

「フィルモウ殿、私たち錬金術師の最大の目的はそんなものではありません。黄金を作り出すことすら、手段の一つに過ぎないのです」

「それはまた大きな話だ。黄金を作ることさえ手段に過ぎないというのなら、その目的はいったい何なのだ？」

「……神との対話です」

その言葉に、フィルモウとクォン、それに人族の青年が顔を見合わせる。

驚くのも無理はない。あまりにも大それた目的だからだ。

神との対話など、誰も成し遂げたことのない偉業だ。

錬金術師というのは、世間で言われているような金の亡者《もうじゃ》ではない。純粋に哲学的な目的として、神との対話や肉体、精神の完全を目指す求道者《ぐどうしゃ》である。

医薬品を作るのも、黄金を作ろうとするのも、神との対話という遠大な道を進むために必要な手段に過ぎない。真理を求め、実験を繰り返すためには資金が必要だからだ。

「神との対話か。この城市には邪神殿が多い。唯一神を崇《あが》めることも禁じてはいない。アイザックさんたちの目的が叶《かな》うと良いな」

と言うフィルモアの言葉は、政治的なものではなく、私的なものとして響く。

「ありがとうございます」

「それはそうと、工房のことだ。職人たちを住まわせる区画に、ちょうど良い物件がある」

「そこを、貸していただけるということでしょうか」

アイザックが問うと、フィルモウは机の上の湯飲みに手を伸ばした。

ただで貸してくれる、ということではないのだろう。こちらが何を出せるのか、値踏みをしているという風である。

「貸しても良い、と私は思っている。アイザックさんの話を聞く限り、この城市に錬金術師が住まうことは、とても大きな利益があると思う」

「では」

「……しかし、君たちは〈聖堂〉に追われている。そうだな？」

フィルモウの言葉に、アイザックは思わず唸《うな》った。

完全な奇襲だ。こちらが追われていることは、交渉の最後まで、できる限り伏せるつもりだった。

自由意思で移住してくる者と、逃げ場を求めてやってくる者では、扱いも当然変わってくるはずだ。

「仰《おっしゃ》る通りです、フィルモウ殿。私たちの学派は、〈聖堂〉に追われています」

「なるほど。そのこと自体、私は問題だと思っていない。しかし、人界における〈聖堂〉の勢力は強大だ。彼らから君たちを匿《かくま》うだけの対価が、何かあるのだろうか」

対価という言葉に、アイザックはウォーレンの方を向き直り、頷《うなず》いた。

ウォーレンは頷《うなず》き返すと、机の上に抱えてきた鞄《かばん》を置く。重みのある革の鞄《かばん》だ。

「フィルモウ殿の言う対価として相応《ふさわ》しいかどうかは分かりませんが、本日はこのようなものをお持ちしています」

「黄金か？　であれば大変助かるのだが」

「いえ、黄金を作り出す秘術は錬金術師にとっても道半《みちなか》ば。今日はまた、違った趣向のものをお見せしましょう」

合図をすると、ウォーレンが鞄《かばん》を開ける。

中から出てきたのは、白い蜘蛛《くも》の入った虫籠《むしかご》だ。それと、拳《こぶし》ほどの大きさの石がいくつか。

〈白の学派〉の名の由来にもなった蜘蛛《くも》だ
「これは？」

「岩蜘蛛《マインスパイダー》という種の蜘蛛《くも》です。魔界から連れてきた蜘蛛《くも》を品種改良して〈白の学派〉の学祖が創り出したとされています」

「錬金術師というのは虫も育てるのか。それで、この珍しい蜘蛛《くも》がこの城市に居留する対価ということかね？」

「ウォーレン」

懐《ふところ》から小振りなハンマーを取りだすと、ウォーレンは石の一つを砕いてみせた。

鉄の鉱石だ。錬金術師の間では、磁鉄鉱《じてっこう》と呼ばれている。それを、籠《かご》の中の蜘蛛《くも》に放り投げた。

すると、蜘蛛《くも》はそれにむしゃぶりつき、美味《うま》そうに食べはじめる。

「……アイザックさん、これはどういうことか」

「フィルモウ殿、まぁ見ていてください」

磁鉄鉱《じてっこう》を齧《かじ》りながら、岩蜘蛛《マインスパイダー》は黒みを帯びた糸を尻から吐《は》き出していく。

そんな机の上での様子を、フィルモウ、クォン、アイザックと人族の青年が固唾《かたず》をのんで見守る。

しゅるしゅると吐《は》き出される糸はなかなか途切れず、蜘蛛《くも》が石を全て食べ終わってようやく止まった。

その糸を籠《かご》から取り出すと、アイザックはその一部分を摘《つ》まんで思い切り引っ張ってみせる。だが、糸が切れる様子はない。

「丈夫な糸、のようだな」

「はい、この岩蜘蛛《マインスパイダー》は食べた鉱石を胃袋の中で魔法のような力を使って消化し、金属の糸に変える性質を持っているのです」

「金属の糸か」

〈白の学派〉ではこの蜘蛛《くも》を使って、金の鉱石を金の糸に変えるという実験を代々行《おこな》ってきた。蜘《く》蛛《も》に食わせて糸にした方が精錬するよりも安上がりだからだ。蜘蛛《くも》の尻から出た金属の糸は、薄い被膜《ひまく》が覆っているので、溶かしてやる必要はあるが、それでも普通の方法よりは随分と安く金属を手に入れることができる。

「この糸を使えば、例えば、中洲《なかす》に通じる浮橋の綱《つな》を強固にできる、と思います」

「鉄の糸を編んで綱《つな》にする、ということか」

「そういう実験を、学派でもやったことがあります。丈夫な綱《つな》が作れますよ」

手応《てごた》えはあった。

フィルモウがクォンを手招きし、何事か相談しはじめる。二人の表情を見るに、交渉は成功したと判断してもいいだろう。

そのとき、今まで黙っていた人族の青年が不意に話しかけてきた。

「この糸って、銅の鉱石でも作れちゃったりしますか？」

「もちろん。ウォーレン、少し作って差し上げて」

「はい、若」

銅の鉱石をハンマーで砕き、蜘蛛《くも》に与える。

八本の肢《あし》でしがみつくように鉱石を抱えこむと、一心不乱に齧《かじ》り始めた。

見る間に尻から糸が紡《つむ》がれていく。青年は、何か思いつめたような表情をして、銅の糸を見つめている。

不思議な印象の青年だ。

どのような生業《なりわい》で身を立てているのか、表情からは窺《うかが》い知ることができない。出自が高貴なのかそうでないかということさえ、アイザックには見当もつかないのだ。

ただ瞳《ひとみ》には、未知の物に対する強い好奇心が宿っている。錬金術師には、向いているかもしれない。

でき上がった糸を青年に示すと、興味を抑え切れないという表情でそれを受け取った。

引っ張ったり、曲げたり、畳《たた》んでもう一度伸ばしたり、表面の被膜を爪で引っ掻《か》いてみたり、匂《にお》いを嗅《か》いだり。

その場で試せそうなことは、口に含む以外すべて試す。

蜘蛛《くも》の糸にこれだけ関心を持つ者など、アイザックは初めて見た。

「アイザックさん、この銅線、じゃない。蜘蛛《くも》の糸、貰《もら》ってもいいですか?」

「構いませんよ」

「ありがとうございます!」

礼を言うや否や、青年は蜘蛛《くも》の糸を大事そうに手に持って、執務室から飛び出していく。

不思議な青年だ。結局、名前も聞かずじまいだった。

「フィルモウ殿、あの青年はいったい誰なんですか? ここまで普通に入ってこられるようですが?」

「気になるか、アイザックさん」

「ええ、彼には錬金術師の素質がある。できれば、じっくりと対話してみたいな」

その言葉に、フィルモウとクォンが意味深な笑みを浮かべた。

「素性を聞いたら、もっと対話をしてみたくなるかもしれないな」

×　×　×

仕事が、ようやく仕事として回りはじめた。

新しい城市に集めた邪神官たちは、膨大《ぼうだい》な量の仕事を処理できるようになりつつある。

邪神ヒラノやエドワード、ギレノールたちに関する教典の作成、整理、複製、保管。

上手く行くようになったのは、〝紙〟のお陰だ。

邪神ヒラノのもたらした新技術の効果に、総邪神官長であるエリィナは尊崇《そんすう》の念を新たにしている。

「エリィナ様、政庁の方に掛け合いましたが、これ以上の紙の供給は難しいようです。代わりに涜《とく》皮紙《ひし》ならば何とか」

「その涜皮紙《とくひし》は貰《もら》っておきましょう。それとは別に、工房区近くで邪神官の宿舎として割り当てられた建物がまだ空いていたはずです。そこを製紙工場に振り向けます」

「畏《かしこ》まりました」

秘書官に指示を飛ばしながら、エリィナは手元の書類にも目を走らせ続けていた。

新たに建設されつつある城市の中央部、中洲《なかす》の政庁に隣接する形で建設が進む、邪神ヒラノを祀《まつ》る大邪神殿の一室で、エリィナは職務に励《はげ》んでいる。

今読んでいるのは、地方における諸々《もろもろ》の邪神に対する信者の数と邪神官の数を纏《まと》めた書類だ。以前であれば、このような情報は書類に纏《まと》められることはなく、大まかな数が口頭で報告されるだけであった。当然、間違いや思い込みも多かったようだ。

それが、紙によって変わった。

淀皮紙《とくひし》と比べて紙が特に優《すぐ》れているというわけではない。むしろ、性質から言えば淀皮紙《とくひし》の方が優《すぐ》れている部分はまままある。

その差を補って余りあるのは、生産量だ。

邪神ヒラノがエリィナに製紙技術を伝えたのはほんの少し前のことだが、今では新城市とパザンに製紙工場がある。でき上がってくる紙の品質にはまだばらつきがあるが、今は質よりも量だ。エリィナの嘆願《たんがん》で紙の重要性に気付いた文官のラ・バナンとシュリシアが動き、パザン、カタニアにも製紙工場が作られる手筈《てはず》になっている。

紙は、それを作るために羊や豚、牛を殺す必要がない。

木を砕いた物を主原料とする紙は、材料に木材を使用する。〈ジョナンの赤い森〉の西端に当たるこの城市で木材が不足することはない。涜皮紙《とくひし》の生産量が家畜の飼育数によって限られていたことを考えれば、これは凄《すさ》まじい変化だった。

〝書類を作るための書類〟まで作ることができる、というのは邪神殿にとって画期的だ。

今までは祝詞《のりと》や教典の複写が最優先だったために、その他のことに涜皮紙《とくひし》を使うことができなかったことを考えれば、恐るべき変化だ。

涜皮紙《とくひし》の数が限られているせいでこれまで手を付けられなかった事業にも、エリィナは積極的に許可を出している。ヒラノ教典を〈堅き者《ゴナン》〉の文字へ翻訳《ほんやく》するのもその一つだ。

彼らの文字は長音と短音だけで記される〈いと堅き言葉《ゴナニリフ》〉と、口語をそのまま表す〈普通語《ゴナニシュ》〉に大別される。ヒラノ教典の翻訳《ほんやく》は〈ゴナニシュ〉でのみ行われていたが、使用者の多い〈ゴナニリフ〉への翻訳《ほんやく》も、現在進められていた。

これでもう少し、紙の書き味が滑《なめ》らかになればいい。

羽ペンを走らせながら、エリィナはそう独り言《ご》つ。エリィナの考えでは、今の状況では質よりも量が優先される。いずれ必要な量が行き渡るようになり、職人が熟練してくれれば、自然と品質も向上するはずだ。

エリィナが決裁をしなければならないことは、ますます増えている。

秘書官を置いてどうにか捌《さば》こうとしているが、書類そのものの量が増えたことには、まるでおいついていない。

義兄と慕《した》うドラクゥが大魔王に就《つ》いたことの影響もある。

魔界全土の邪神殿が、エリィナ宛てに書状を送ってくるようになったのだ。

「エリィナ、新しい手紙だよ」

「ああ、ヨシナガ様、申し訳ございません」

戸を叩《たた》いて入ってきたのは、女神ヨシナガだ。

邪神ヒラノの属神だが、邪神官たちは夫婦神ではないかと噂《うわさ》をしている。

「良いって、良いって。それで、手紙はここに置いておいたら良い？」

「はい、ありがとうございます」

ヨシナガの運んできた手紙の束は、すぐさま秘書官たちが仕分けを始める。

大魔王ドラクゥが各地の邪神殿をどう扱うつもりか、についての問い合わせが一番多い。未知の邪神であるヒラノを信仰するように強制されるのではないかという疑念が、手紙の文面からも伝わってくる。

近々大魔王ドラクゥが実施すると噂《うわさ》になっている、貨幣の大改鋳《だいかいちゅう》やその他の政策について、探りを入れてくる者も少なくない。

後々のことも考え、エリィナはそれらの全てに目を通し、返事を出していた。秘書官に代筆させることもあったが、署名だけは必ず自分で入れる。こういう部分に手を抜けるほど、義兄の政権は安定していない。

膨大《ぼうだい》な数の書状の中には〈東の冥王《めいおう》〉とそこに身を寄せる〈法皇《ほうおう》〉リホルカンからの苦情も交じっている。

ドラクゥの叔父に当たるリホルカンは、これまで旗幟《きし》を鮮明にしていなかったが、最近では何かと邪神殿の運営について口を差し挟んでくるようになった。

特に気にしているのは、邪神ヒラノのことだ。

邪神ヒラノが〈雷〉の邪神であることは、彼らも認めている。問題なのは、〈商《あきな》い〉の邪神としてのことだという。

「莫迦莫迦《ばかばか》しい」

「ん？　何が？」

「あ、すみません、ヨシナガ様に聞かせるつもりは……」

思わず口から漏れていた悪態に、茶を啜《すす》っていたヨシナガが反応する。今読んでいた手紙をエリィナの手からひょいと取り上げると、中身をさっと確認した。

「ふむ、つまりヒラボンが〈商《あきな》い〉の邪神もやるのが気に食わないってこと？」

「ええ、前例がないと」

一柱の邪神が複数の神格を持つことは、これまでも例がなかったわけではない。その点についてはエリィナもしっかり調べている。

ただし、大魔王家の崇《あが》める邪神としては、確かに例がない。

大魔王家が崇《あが》める邪神は、初代大魔王が謁見《えっけん》したという伝説の邪神以外にも、何柱か存在する。

だが、それらは全て単神格の邪神だった。その伝統が汚されるというのが、リホルカンたちの見解だ。

「それって何か問題なの？」

「〈東の冥王《めいおう》〉は大魔王家の祖廟《そびょう》、つまり代々の墓所を管理しています。義兄であるドラクゥは既に大魔王に即位したと宣言していますが、そのことをどこかの段階で祖先の墓に報告しなければなりません」

「〈東の冥王《めいおう》〉と〈法皇《ほうおう》〉リホルカンに敵対していると、拙《まず》いってことか」

「そういうことです」

「なるほどねぇ」

現在のドラクゥの主敵は、かつての師であるグラン・デュ・メーメル率いる〈赤の軍〉と、その背後にいる〈北の覇王〉ザーディシュだ。今ここで新たに〈東の冥王《めいおう》〉の軍を敵に回すのが得策ではないことは、エリィナにもよく分かる。

それだけではない。人界から広く移住者を募《つの》ったことに腹を立てたのか、〈聖堂〉にも怪しい動きがあった。

ドラクゥの主力は、北に張り付いている。

それ以外にも細かな戦力はあるが、雨の多い〈ジョナンの赤い森〉が領内に存在するので、狼煙《のろし》も上手く機能しない。四方に敵を抱える状態は、あまり望ましくなかった。

「今は少しでも敵を増やしたくない時期ですし」

「それでも〈商い《あきな》〉の邪神としての神格をヒラボンに与えたい、と」

「はい。新たな城市を加護していただく以上、信仰は捧げるべきだと思うのです」

「それはそうだよね」

魔族の信仰では、邪神に徳《カルマ》は貯まらない。

そのことをエリィナは既に知っている。だから、この城市ではヒラノに多くの神格を与えておきたいと考えている。

「既に人族の移住者の中にも〈戦士の一族〉を中心に、邪神ヒラノに帰依《きえ》する人が出始めています。〈商い《あきな》〉の邪神としての神格もあれば、信者の数は増えるはずです」

「そうすれば徳《カルマ》も貯まりやすくなる、か。今の集まり方なら、ちょっとした魔法なら使っても問題なさそうだけど」

「魔法、ですか」

エリィナたちによる魔法の使い過ぎで、ヒラノは一度消滅しそうになってしまった。

できることなら魔法はもう使いたくない。もし使うことになったときのために研究だけは進めているが、それもなるべくヒラノの徳《カルマ》をいかに節約するかという方向に限っている。

では、どうするべきか。

そのことをヨシナガに相談しようとした瞬間、執務室の扉が乱暴に押し開けられた。

「慶永《よしなが》さん！　凄《すご》いものを手に入れましたよ！」

ヒラノだった。手には糸のようなものを持っている。

その糸は赤銅色に輝いている。

いや、糸ではない。不思議な硬さと弾力がある。色合いからして、延べた銅のようだ。

ただエリィナの知る限り、銅をこのように均一に加工する技術は、エルダードワーフも持っていない。

「ヒラボン、この銅線どっからかっぱらって来たの？」

「かっぱらって来たわけじゃないですよ。ちゃんと貰《もら》ってきました。人界から移住してきた錬金術師に貰《もら》ったんです」

邪神ヒラノが手渡すと、女神ヨシナガは銅線を曲げたり伸ばしたりして見せた。

「これはどこからどう見ても銅線だね……しかも、絶縁までしてある。こんなものを作れる技術が人界にあったなんて」

「人界に広まっているって感じじゃありませんでした。錬金術師の秘技というか、そういう感じの」

「だろうねぇ。いくら〈聖堂〉でもそんなことは見逃さないと思うよ」

ヨシナガが無造作に机の上に置いたそれに、エリィナはおずおずと手を伸ばした。

触ると少しひんやりしているのは、これが銅だからだろう。糸よりも丈夫だが、何度も曲げると癖《くせ》が付く。あまりやり過ぎると、折れてしまうかもしれない。

これはいったい、何の役に立つのだろうか。

ヒラノとヨシナガの反応を見る限り、単なる美術品とは思えない。

そのとき、ふと思い出すことがあり、エリィナは銅線の両端を摘《つ》まんでほんの僅《わず》かに〈雷撃〉の魔法を使ってみた。右指に起こしたはずの〈雷撃〉は銅線を伝ったのだろう。左指先に微《かす》かに痺《しび》れたような感覚が走る。

「エリィナ、何をしている？」

ヨシナガと錬金術師について話をしていたヒラノが、驚いて問い掛ける。

「ヒラノ様、この銅線は雷を通します」

「あ、ああ、それはそうだが……どうやってそれを？」

「以前より〈雷撃〉の魔法の性質を調べるために、色々と試していたのです」

魔法による徳《カルマ》の消費を抑えるためには、まずその性質を詳しく調べなければならない。

これまでは、魔法の威力に頼って我武者羅《がむしゃら》に〈雷撃〉を使っていた。だが、それは邪神であるヒラノへの負担が大きい。そうだとすれば、別の方法で補いは付かないかと、エリィナたち邪神官は考えていたのだ。

「雷が何を伝うのか、どのような場所に落ちやすいのかを邪神殿で調べました。その際に、銀や銅などの金属製品が雷をよく通すという結果が出たのを思い出しまして」

「それで試してみた、と」

「はい、好奇心に負けて、つい。ヒラノ様があのように喜んでお持ちになったものですから、必ず何かあると思いまして」

「ふむ」

エリィナが考えていたのは、あらかじめ銀や銅の突端を持つ櫓《やぐら》を用意しておき、そこに敵をおびき寄せて〈雷撃〉を使うという方法だ。しかしこれでは運用の幅が限られているし、敵将はそこに誘き出されるような間抜けばかりではない。

今、ドラクゥが対峙している〈万化〉のグランなど、近付きさえしてくれないだろう。

だが、この糸のように銅を延べたものが、ある程度の長さで纏《まと》まって手に入るとすれば。工夫次第で何かできるかもしれないという思いが、エリィナの中に渦巻きはじめている。

「……ねぇヒラボン、さすがに技術レベルが一気に飛躍し過ぎるのは拙《まず》いんじゃない？」

「ヨシナガさん、自然に発生する技術については黙認しようって約束したばかりじゃないですか」

「いや、それはそうなんだけど……」

「それに、銅線を手に入れただけでは、そんなに凄《すご》い使い方なんて思い付かないでしょうし」

「それもそうよねぇ」

二柱の神が何か相談しているのには目もくれず、エリィナはじっと銅線と向き合い、伸ばし、畳《たた》み、もう一度〈雷撃〉を通してみた。

何かには、使えるはずだ。その直感を信じる。窓から射す陽の光に翳《かざ》し、机の上に這《は》わせてみる。

そのとき、エリィナの中で何かが弾けた。

「通信……」

机の上には新城市の地図が広げられている。そこに載せられた銅線。

もしこの端と端に邪神官がいて、〈雷撃〉の魔法を使って通信することができれば。

エリィナの声に、ヒラノとヨシナガの視線は明らかに泳いでいる。

まさか思い付くとは思わなかった、ということだろうか。

銅を伝う雷の速さは正しく計測してみなければ分からないが、伝令を走らせるよりは確実に速い。どの程度の距離まで銅線を伝うかも分からないが、それは途中に中継点を置けば良いだろう。

しかし、これだけではまだ実用には耐えない。何かが足りないのだ。

「〈雷撃〉の魔法を使って合図を送ることはできたとしても、高度な内容を伝えることはできませんね……」

「あ、合図を送るだけでも凄《すご》いことなんじゃない？」

「しかしヨシナガ様。それではあまりにもったいない気がします。何かもう一工夫すれば……」

部屋の中に視線を彷徨《さまよ》わせる。こういうとき、思いもかけないものが大きな手掛かりを与えてくれることがあるのだ。

羽ペン、墨壺、献上された方位磁針、卓上角灯、〈いと堅き言葉《ゴナニリフ》〉に翻訳《ほんやく》されたばかりの邪神ヒラノ教典……

「あああ！」

「ど、どうしたのだ、エリィナ」

「ヒラノ様！　〈堅き者《ゴナン》〉です！　ゴナンの言葉に翻訳《ほんやく》すれば、かなり高度な内容もこの方法で通信することができます！」

「ど、どういうことだ？」

「〈ゴナニリフ〉は長音と短音で構成された言語なんです。コンコンコーンコンコン、のような具合です」

「……なるほどな」

ゴナンの大部分が暮らすバァル・ゴナンは、地中深くに作られた洞窟用の城市だ。ゴナンたちはこの中で不自由なく会話するために、壁を爪で叩《たた》いて会話する方法を編み出したとされる。それを文字表記に置き換えたのが、〈ゴナニリフ〉のはじまりだというのが有力な学説だ。

ヒラノとヨシナガの表情は、驚いているというよりも呆《あき》れているように見えた。

視線に耐えきれず、エリィナは俯《うつむ》く。頬《ほお》が熱い。こういうことが昔から何度もあった。

ちょっとした思い付きを、口にせずにはいられないのだ。

大魔城に暮らす身としては浅慮に過ぎると、周りの者たちからはよく叱《しか》られた。分かってくれるのは、義兄ドラクゥだけだったと言ってもいい。

「……大したものだ」

しかし、ヒラノの口から漏れたのは叱責《しっせき》ではなく感嘆だった。

「よくぞこの僅《わず》かな時間の間に、そこまで思い付くものだ」

「いえ、簡単な謎掛けのようなものです。条件さえ整えば、誰でも思い付くはずです」

「……誰でも思い付けるなら、世の中の進歩はきっともっと早くなっているはずだ」

「進歩、ですか」

口に出してみて、あまり使い慣れない言葉だということに、エリィナは気が付いた。

そういう言葉がないわけではない。

しかしこういう場合、自分なら〝進歩〟ではなく〝変化〟という語を選ぶだろう。

考えてみれば、これまでの魔界では変わることが良いことだという考え方は一般的ではなかった気がする。

〈法皇《ほうおう》〉リホルカンなど、その筆頭だろう。

「思い付いた通信の工夫、どこまでできるか試してみると良い」

「はい！」

まずは大邪神殿と政庁を繋ぐ線を敷き、実験をするところから始めよう。

その前に錬金術師と会って、銅線をどれだけ調達できるかも話し合う必要がある。

実用化が進めば街の中にも設置をしたいが、戦場でも使い道がないか、クォンあたりに聞いてみる必要もあった。

やることは増えたが、今のエリィナには活力が漲《みなぎ》っている。

進歩という言葉が、エリィナの目の前の霧を晴らしてくれたような、そんな気がした。

×　×　×

空は凍《い》てつき、濃い灰色をしていた。

邪神殿前に設《しつら》えられた庭園で、リホルカンは剣を振っている。

素振りは、邪神官職に就《つ》く前からの日課だ。型《かた》を確かめるように日に一〇〇度、調子が良ければさらに五〇度、剣を振るう。

周りの者たちからは、法皇位《ほうおう》にある者がすべきことではないと諫《いさ》められるが、それでもリホルカンは止《や》めなかった。止《や》めるつもりもない。

身体を動かしていると自然に汗が滲《にじ》み、肚《はら》の底が熱くなってくる。

トロルの血だろう。僧だ、神官だと言っても、肉体は戦いを求めているのだ。

兄であり、ドラクゥの父であったライノンと比べて線が細いと言われ続けてきたが、立ち合えば負ける気はしなかった。そういう反骨が、常に燻《くすぶ》っている。

今でも片目にモノクルをつけているのは、若い頃に剣術の野仕合をして、強《したた》かに撃たれたからだ。

視力は、ついに元には戻らなかった。それでも、戦いは好きだ。

リホルカンの生活は、この本能とも言うべきものを押し殺す戦いの連続だった。

日課を終え、寒垢離《かんごり》を兼ねた行水《ぎょうずい》を済ませると、大邪神殿で朝食を摂る。

古式に則《のっと》り、木材だけで建てられた大神殿だ。魔界に無数に存在する邪神殿の中で、大邪神殿の名で呼ばれるのは〈東の冥王《めいおう》〉領に置かれたここだけだった。

それが今では、どういうわけかドラクゥの支配地域でも同じ呼び方をさせるところがある。

許しがたい暴挙だと抗議の手紙を送っているのだが、相手の返事はのらりくらりとしたものだった。

義理の姪《めい》のような立場にあるエリィナが、大邪神官長の真似事《まねごと》をしている。

それも、苛立《いらだ》ちの原因だ。

朝食は麦粥《むぎがゆ》と根菜《こんさい》を炊《た》いた物。そこに六日に一度、魚が付く。

日々全く変わらぬ食事に、リホルカンは飽《あ》いていた。倦《う》んでいると言ってもいい。

各地に放った密偵《みってい》からもたらされる情報で、魔界の事情には精通しているつもりだった。

激動の時代に、自分は何をしているのか。

祈りを捧げ、剣を振り、毎日同じ麦粥《むぎがゆ》を啜《すす》る。

その間に、甥《おい》は、ドラクゥは、大魔王としての地歩《ちほ》を固めていくのだ。

無意識に力が入り、木匙《きさじ》が折れた。

大邪神殿では全ての資材が決まった数しか用意されていない。予備があれば、良くない物を招くからだ。

匙《さじ》が砕ければ、誰かが木から新たに彫《ほ》り直す。全てに調和が取れた空間。そういう場所に自分がいることが、耐え切れぬほど恨《うら》めしいのだ。

「ご気分が、優《すぐ》れませぬか」

影のようにそこに侍《じ》していた男が、口を開いた。

出家する前からの腹心で、ワキリオ・デル・カイトという。オークにしては小柄《こがら》で、背もリホルカンとさほど変わらない。

歳はかなり上のはずだが、よく分からなかった。若作りのオークは、実際の年齢とは随分と違って見えるものだ。

「憤怒《ふんぬ》しているというのも優《すぐ》れぬ内に入るのであれば、優《すぐ》れぬのかも知れぬな」

「あまりお怒りを身の内に溜《た》められますと、毒です」

「分かっておる。棒振りをして発散しておるわ」

ワキリオが何を考えているのか、リホルカンにはまるで分らなかった。

昔は、父が付けた目付け役だと考えていたが、そうでもないらしい。

法皇《ほうおう》となってリホルカンがこの僻地《へきち》にやってくるときも、何も言わずについてきた。断ることもできたはずだが、そのような素振りは全く見せなかった。

「それにしても、冷える」

「冥王領《めいおう》の沖を流れる潮のせいです。重く冷たい流れが南から上がってきて、この辺りの一帯を冷やしておると言われています」

「お前は何でも知っている。何を聞いても答えが返ってくるというのは、つまらんな」

「オークは文官であることを定められておりますからな。五千年も続けておれば、他の種族が知らぬ知識も蓄《たくわ》えてしまうものです」

「オークの文官といえば、ダーモルトが元気になったようだな」

「はい。〈赤の軍〉の兵站《へいたん》を、色々と整えているようです」

前線にグラン・デュ・メーメル。そして後方にダーモルト・デル・アーダ。

この老臣の組み合わせは、今の魔界で考え得る限りおそらく最強の布陣だろう。

グラン率いる〈赤の軍〉は、ドラクゥの治めるパザンから軍を誘い出すべく細かな動きを続けているようだが、大魔王軍はなかなか誘いに乗らないようだ。

当初は短期決戦になると思われた戦いが、にわかに長期戦の様相を呈《てい》しているのは、ダーモルトの動きによる。

現役に立ち戻ったかのような身軽さで魔都を飛び回り、船便で次々と糧食《りょうしょく》や軍需物資を前線に送り出す。孫娘のラコイトでも、これだけの動きはできないだろう。

「オークというのは大したものだな。姿形ではトロルよりよほど、武張《ぶば》っておるというのに」

「五千年前は、トロルと覇《は》を競ったのですから。結局、負けましたが」

オークに勝って、トロルは魔界の支配者となった。

そのときに交わされた誓約《せいやく》によって、全てのオークは武器を捨てたのだ。

肉体的にどれだけ優《すぐ》れていてもオークが武官になれないのは、この頃からの伝統だった。

もし戦いの結果が逆だったなら、リホルカンとワキリオの立場は正反対になっていたかもしれない。

「オークに、恨《うら》みはないのか」

「……何にでしょう？」

「トロルに。あるいは……」

初代大魔王に手を貸した、邪神に。

そう問おうとして、さすがのリホルカンも思い留まった。

ここは邪神を祀《まつ》る場所で、自分は邪神官なのだ。

「恨《うら》んではいないのでしょう。五千年です。恨《うら》みも、風化する」

「そういうものか」

「そうだという風にしておいた方が良いこともあるのです」

リホルカンは、思わずワキリオから目を逸《そ》らしてしまった。

殺したいほどの恨《うら》みを抱いた相手に、五千年の間、傅《かしず》き続けることの恐ろしさを想像してしまったのだ。オークの怒りは、リホルカンがドラクゥに抱いているものに本質としては似ているが、深さと純度において、もはや異質と言う外《ほか》ない。

リホルカンの母は、身分が低かった。

それだけの理由で継承権は剥奪《はくだつ》されたのだ。そのことにずっと憤りを覚えてきたが、オークに比べれば何ほどのことがあるのだろう。

オークたちは、五千年も前の先祖たちの敗北を背負って、文官として生き続けなければならないのだ。

リホルカンのように、慰みで剣を握ることさえ許されない。

誰も見たことのないような潮の流れなど、覚えたくもないことを覚えながら、決して本能のままに争うことなく、文官として生きる。

そんな牢獄《ろうごく》のような生涯《しょうがい》を考えれば、自分の境遇は何と恵まれているのだろう。

それもこれも、初代大魔王のお陰なのだ。

リホルカンにとって、屈従は耐えがたい。もしワキリオの立場であれば、自分を鎖で縛《しば》ろうとする者を相手に切り結んで、討ち死にする。そういう苛烈《かれつ》さが、リホルカンの中からは出家しても消えていない。

初代大魔王を蔑《ないがし》ろにするドラクゥとエリィナとは、一度はっきりと話を付けなければならないだろう。

「ところで、エリィナはまだ招きに応じないのか」

「はい。何でも新たな魔法の活用法の研究に取り組んでおるようです」

「呑気《のんき》なものだ。法皇《ほうおう》が自ら呼び立てているというのに」

ドラクゥの即位について、リホルカンは態度を保留している。

この地を治める〈東の冥王《めいおう》〉にも、勝手な宣言をしないようにと釘《くぎ》を刺していた。

四天王とはいえ、〈東の冥王《めいおう》〉は大魔王家累代《るいだい》の墓を守る御陵守《みささぎもり》としての意味合いが強い。領土は痩《や》せていて、兵もさほど多くはないのだ。

それでも、〈法皇《ほうおう》〉と〈東の冥王《めいおう》〉が揃って旗幟《きし》を鮮明にすれば、魔界全土で日和見《ひよりみ》をしている多くの魔王たちには大きな影響がある。

だからこそ、未《いま》だ中立を保っているのだ。中立を保つという札《ふだ》を切ることで、リホルカンはドラクゥから妥協《だきょう》を引き出すつもりでいた。

「邪神ヒラノについても、考えを改めるつもりはないようです」

「……邪神ヒラノ、な。本当に実在するのか？」

「よく顕現《けんげん》しているようです。密偵《みってい》の中にも、姿を見た者がおりますが」

「それよ」

空《から》になった麦粥《むぎがゆ》の碗《わん》を放り投げる。粒と汁が飛び散るが、リホルカンは気にしない。

「邪神がそう易々《やすやす》と姿を見せるものか？」

「確かに、あまり例のある話ではありませんな」

「聞けばその邪神、見た目は人族とさして変わらぬと言うではないか」

「密偵《みってい》の報告にも、そうありますが……いや、まさか」

「そのまさか、ではないか」

人族の若者を邪神ということにして、祀《まつ》り上げる。

そういう策を、甥《おい》であるドラクゥが考え付くものだろうか。

「しかし、ドラクゥ様に限ってそのような不遜《ふそん》なことを……」

「分からぬぞ。誰かに謀《たばか》られているのやもしれぬ」

「……誰に？」

「……人族よ」

こう考えれば、辻褄《つじつま》の合うことがある。

あのような僻地《へきち》に新たな城市を築いたことも、その一つだ。

人族の戦力を招き入れ、〈北の覇王〉と事を構えるには、確かにあそこは都合が良い。

「いや、まさかそのような」

「疑う余地がある、というだけだ。あるいはグラン・デュ・メーメルあたりの入れ知恵かもしれんが」

「デュ・メーメル将軍は、ドラクゥ殿と戦っております」

「それすらも茶番であったとしたら？」

「なんと」

「でなければ、勝つにせよ負けるにせよ、もっと早く決着がついていそうなものだ」

吹聴《ふいちょう》しながら、リホルカンはどこか冷めていた。

この思い付きは単なる冗句《じょうく》だが、この冗句《じょうく》を信じたくなる者が魔界にはごまんといるはずだ。そういう連中を焚《た》きつければ、一つ面白いことになりはしないだろうか。

「ワキリオ、文箱を持て」

「はっ？」

「文箱じゃ。これより、文を認《したた》めるぞ」

「どなた宛てにございますか」

問われて、リホルカンは口元を楽しげに歪《ゆが》める。

「魔王、邪神官、豪族、商人……思い付く有力者全てに、な」

「それは……」

「これから忙しくなる。忙しくなるぞ……」

第三章　火ノ如シ

草原の濃い緑を、赤が断ち割ってくる。

それは一本の槍《やり》のようであり、同時に一匹の獣のようでもあった。

獣の名を、〈赤の軍〉という。

揃いの赤の軍装で固めた精鋭騎兵が疾駆《しっく》するだけで味方の意気は上がり、敵の士気は沮喪《そそう》する。

しかもその軍を率いるのは、当代最強の騎兵指揮官、グラン・デュ・メーメルだ。

丘の上から迫りくる馬群を見下ろし、ドラクゥは口元だけで笑った。

馬の行き足に、戦意が充溢《じゅういつ》していない。

見せ掛けの突撃だ、と思った瞬間には獣は頭から二つに割れ、元来た道を帰りはじめる。

「飽《あ》きませんね、デュ・メーメル将軍も」

「我慢比べだ、タイバンカ。突撃はないとこちらが甘く見た途端に、演技ではない本物の突撃が来る」

偽の突撃は既に何度も繰り返されていた。

パザンの城壁よりわずかに北、丘の上にドラクゥは陣取っている。嘲弄《ちょうろう》するかのようなグランの動きは、訓練も兼ねているのだろう。

逸《はや》った兵が矢を射掛けるが、敵は射程のすぐ外を悠々《ゆうゆう》と回避していく。

最初は長駆《ちょうく》の疲れを感じさせた動きが、ここ数日でみるみる内に良くなっていた。

「大したものです。デュ・メーメル将軍は〈赤の軍〉を完全に掌握《しょうあく》してしまった」

「さすがは我が師だ。〈赤の軍〉をまるで手足のように動かす」

「近衛《このえ》の動かし方とは、少し違うように見えます」

「魔軍式というか、デュ・メーメル式というか。実戦では、その方が役に立つ」

近衛《このえ》騎兵の操典《そうてん》と、グラン率いる一般の魔軍騎兵のそれは、若干《じゃっかん》異なる。

グラン・デュ・メーメルは大魔王家戦術指南役であると同時に、魔軍騎兵総監の職も兼ねていた。その戦術は魔軍騎兵の精髄《せいずい》と言っていい。

ドラクゥは〈赤の軍〉のやり方にグランが合わせるのかと思っていたが、どうもそうではないようだ。この僅《わず》かな期間に、〈赤の軍〉はグラン・デュ・メーメル好みの機動を修得しつつある。

元々の〈赤の軍〉の動きは、美しかった。美し過ぎると言っても、過言ではない。

それは、彼らが皇太子のための軍であり、見られることを目的とした軍だということを意味している。儀仗《ぎじょう》用の騎兵だ。

平時であれば、問題ない。威風堂々《いふうどうどう》と進む〈赤の軍〉にあえて抗《こう》しようとする愚か者は存在しないし、仮にそのような者がいても、軽々しく粉砕《ふんさい》できるだけの力はある。

ただし、今は戦時であり、対峙するのはドラクゥの軍だった。

今の〈赤の軍〉は、美しいだけではない。

かつてドラクゥが指揮したときにはなかった、荒々《あらあら》しさも兼ね備えている。

戦うための騎兵に、グラン・デュ・メーメルが仕上げたのだ。

一度二つに分かれた騎兵が、距離を取って再び集結し、また突撃を仕掛けてくる。

今度は誰も矢を射掛けなかった。あらかじめ目印となる灌木《かんぼく》が定められていて、敵の先頭がそれを越えるまでは、本当は撃ってはならない決まりになっている。

「難しい戦いですな」

「兵はよく耐えている。今は、耐えること、待つことが戦いだ」

「嫌な攻め方をしてくる敵です」

「戦いとは畢竟《ひっきょう》、相手の嫌がる行動をするということだろう。我が師らしい、実に嫌な手を考えてくる」

「嫌な手という意味では、主上も負けてはおられません」

ドラクゥとグランの主な戦場はここだ。

だが、ここでの戦いを有利にするために、ドラクゥも盤外戦を仕掛けている。

リザードマンとの戦いで大規模な軍を編成できなくなった妖鳥属を使って、魔都からこちらへ南下してくる輸送船を攻撃させているのだ。

戦果としてさほどの効果はない。しかしいつ襲われるか分からないとなれば、敵は船に護衛を置く必要に迫られる。その護衛は食事もするし、水も飲む。護衛に掛かる費用が増えると、船主の実入りは悪くなり、徴用に応じる者の数も自然と減ってしまう。

ダークエルフの報告では、効果は着実に出つつある。せっかくダーモルトが買い集めた糧食《りょうしょく》の一部が、船に積み込めずに魔都に溜《た》まりはじめているのだ。

そこに火を掛けることができないかと、ダークエルフのシュノンに諮《はか》っているが、そこまでは難しいらしい。

また、赤い装束を身に着けた馬群が迫ってくる。

これが、日に何度も繰り返されるのだ。

長槍《ながやり》や弓を構え、耐える兵にも疲れは溜《た》まる。師の狙いがドラクゥには手に取るように分かるが、今はここを動かずに耐えることしかできない。

丘の上に陣を張れば、駆け上がってくる騎兵の勢いは落ちる。

細かく纏《まと》まる竜鱗《りゅうりん》の陣を組んでいれば、突撃してくる騎兵も無傷では済まない。それに加え、ドラクゥは簡単な鹿砦《ろくさい》も備えさせていた。

先に仕掛けた方が、不利になる。これはそういう駆け引きだ。

だが、慢心しても負ける。

ドラクゥは〈赤の軍〉の駆け方に、あるかなきかの違和感を覚えた。

それは、隣にいたタイバンカも同じようだ。

「主上」

呼び掛けに、頷《うなず》きだけで応《こた》える。

タイバンカが小さく手を振ると、その動きが各級指揮官に漣《さざなみ》のように伝わっていく。

しかし正面に陣取る長槍隊《ながやりたい》には、あえて伝えない。こちらが何かに気付いたと気取られてはならないのだ。

弓と連弩《れんど》に、静かに矢が番《つが》えられる。

職工に作らせている連弩《れんど》は、ようやく数が揃うようになってきた。

〈聖堂〉との戦いを控《ひか》える南の新城市にも纏《まと》まった数を納入しているので、充足は非常に緩《ゆる》やかな速さで進んでいる。

赤が、迫る。

その色は血のようにも炎のようにも見え、隠されているが猛《たけ》り方はいつもと違った。

嘶《いなな》き。いつもは折り返す地点を、一歩踏み込む。そこは弓の射程でもある。

「射よ！」

タイバンカの聲《こえ》。

連弩《れんど》と弓から放たれる矢の雨が降り注ぐ中を、赤い獣が這《は》い上がってくる。

蹄《ひづめ》で鹿砦《ろくさい》が粉砕《ふんさい》され、最前面の長槍隊《ながやりたい》と馬群の先頭がぶつかった。

圧倒的な突破力。

訓練を積んだ長槍兵《ながやりへい》の隊が、弾かれるように断ち割られる。

弓兵、連弩《れんど》兵も、もう一射した後は、かねてからの指示通りに槍《やり》に持ち変えた。だが、それで通用する相手ではない。

馬上に、師の姿が見える。

得物である硬鞭《こうべん》を手に喊声《かんせい》を上げる姿は、とても老将のものとは思えない。

ドラクゥが高台から床几《しょうぎ》に腰掛けたまま師を見遣《みや》ると、向こうも見返してきた。

笑っている。

戦場での昂揚《こうよう》からだろうか。ドラクゥもそれに、笑みを返す。

長槍兵《ながやりへい》を断ち割ったはずの〈赤の軍〉が、逆に挟撃《きょうげき》されはじめていた。

ドラクゥは、突撃を見越して最初から指示を出していたのだ。堅陣《けんじん》を組んでいるつもりで断ち割られるのと、あらかじめ断ち割られる道を作っておいてやるのとでは、兵士の動きはまるで違う。

全ては駆け引きだ。

師と戦棋《せんき》をしているような錯覚《さっかく》に、ドラクゥは襲われている。

グランはここで留まる愚を犯さず、さっと兵を退くだろう。

そういう引き際もまた、一流のなせる技だ。

そのときふと、妙なことが気に掛かった。

〈万化〉のグランはここにいる。では、〈千変〉のジャンはどこにいるのだ？

ドラクゥが気付いたときには、既に手遅れだった。

グラン・デュ・メーメルが悠々《ゆうゆう》と兵を引き上げようとするのと入れ違いに、伝令が駆けこんでくる。

「申し上げます！　パザンの東壁を、敵攻城兵器部隊が攻撃中！」

「何だと！」

「指揮官は、〈千変〉のジャン・デュ・メーメルです！」

×　×　×

城壁の見える場所に、ジャンは本陣を構えた。

聳《そび》える壁は厚く、高い。

元は人熊の城市だったパザンは、華美さよりも剛健さを求めて縄張りがされている。

それは、シェイプシフターの統治時代を経ても変わることはなかった。

祖父グランの騎兵が動いているお陰で、城の守りは北側に集中している。ここまでに接触したのは、小さな歩哨《ほしょう》の部隊だけだった。

敵の気が緩《ゆる》んでいるのではない。〈赤の軍〉を抑えるだけで、精一杯なのだ。

張り詰めた横っ面を、相手の想定していない手で殴《なぐ》り付ける。

それが祖父グランの示した策だった。

「行け」

〈千変〉のジャン・デュ・メーメルの号令で、攻城兵器部隊はパザンの東の城壁に取り付きはじめる。主力は、衝車《しょうしゃ》と雲梯《うんてい》だ。

屋根の付いた衝車《しょうしゃ》は城壁の上からの攻撃に耐えながら破城槌《はじょうつい》で城門を攻め立て、雲梯《うんてい》の隊は巨大な梯子《はしご》で城壁の上への攻撃を試みる。

どちらも、魔都のダーモルト・デル・アーダにグランが依頼して取り寄せた品だ。

途中、妖鳥属の妨害《ぼうがい》があったという報告が届いたが、組み立て式の攻城兵器の存在は露見していない方に、グランとジャンは賭けたのだ。

船便で運ばせたそれの使い方を傭兵《ようへい》に訓練させるのには随分と時間がかかった。

その間、港近くに迫った斥候《せっこう》は、所属がどこの者であっても完膚《かんぷ》なきまでに叩《たた》きのめした。今日のこの攻撃をドラクゥに悟らせないためには必要なことだったのだ。

衝車《しょうしゃ》と雲梯《うんてい》は、森の中の道を縫《ぬ》うように進んできた。

脱落したのは、衝車《しょうしゃ》が三輌と雲梯《うんてい》が二輌。

当初はそれぞれ五輌程度駄目になると見積もっていたから、これは良い数字だった。

城壁からの反撃は激しいが、どこか間が抜けていた。指揮官のせいだろう。

カルキンという人鹿《ワーディア》の将が、東の城壁の守将だ。そのことは、シェイプシフターの調べではっき

りしていた。防禦《ぼうぎょ》の得意な将だという触れ込みだったが、評判倒れも甚《はなは》だしい。

森の中の間道《かんどう》も、シェイプシフターの手引きだ。元々パザンを領有していた彼らは、この城市のことに詳しい。人熊の時代にはなかった間道《かんどう》も彼らが整備した。

シェイプシフターの魔王〈淫妖姫《いんようき》〉パルミナは、自分の城市が落とされた後のことまで考えていたということだ。

「軍監殿、もう少し本陣を城壁に近付けますか？」

〈赤の軍〉からこちらに出向しているアルカスが、試すように聞いてきた。

役割ははっきりしている。祖父グランの付けた、教育係だ。

グラン・デュ・メーメルという教育者は、この南進作戦で孫にありとあらゆることを叩《たた》きこもうというのだろう。その中には、ジャン自身よりも軍歴の長い部下を扱うという訓練も含まれているにちがいない。

「いや、良い」

アルカスの眉が動く。怯懦《きょうだ》を疑われただろうか。

だが今は、そういうことを気にしている場合ではない。

「全体を見たい。攻城戦ではどうしても前のめりになる」

「前のめり、ですか。なるほど」

「周囲の状況を見るのが、部隊指揮官の務めだと思う」

「そこははっきりと務めだと言い切ってください。部隊指揮官は、部下に心の動揺を見せるべきではありません。それが誤った判断であってさえ」

「誤った判断であってさえ、か」

どうやら先程眉を動かしたのは、嘲《あざけ》りのためではなかったらしい。出来の悪いと思っていた生徒が思わず正解を漏らして驚いたというところだろう。〈赤の軍〉の最先任からすれば、まだまだ〈千変〉のジャン・デュ・メーメルも見縊《みくび》られているのだ。

二〇〇〇までの部隊の扱いなら、魔軍でも相当の上位に入る。そういう自負がジャンにはあったが、一〇〇〇〇や一万を指揮するにはまた違った部分があるようだ。

「周辺の敵はどうだ？」

「シェイプシフターの報告によると、グラン将軍が相手と対峙を始めた三日前から、この周辺では目立った動きはありません。隠密《おんみつ》行動ですので、〈赤の軍〉から事前の斥候《せっこう》は出しておりません。攻城の開始と同時に斥候《せっこう》を放ちましたが、報告はまだ入っておりません」

「なるほど」

予期せぬ攻撃、完全なる奇襲の成功。

さすがは名将の誉《ほま》れ高き〈万化〉のグラン・デュ・メーメル。

弟子であるドラクゥでさえ、その掌《てのひら》の上というわけだ。

喜ばしいことだが、腹立たしくもある。祖父の名誉が高まれば高まるほど、孫である自分はくすんでしまうという嫉《そね》みが、ジャンの腹の底にはあった。

苛立《いらだ》ちを収めるため、ジャンは手にした硬鞭《こうべん》を撫《な》でる。

祖父の持つ物と揃いだ。作られた頃は一対の双鞭《そうべん》であった物が、いつの頃からか二つに分かれて伝えられるようになった
銘《めい》は〈千変〉。

祖父の持つ〈万化〉とともに二つ名の元になっている。

これも、〈北の覇王〉に貰《もら》ったものだ。人山羊《ワーゴート》の王家から売りに出されていたものを、ザーディシュがジャンに買い与えてくれたのだ。当時のジャンの俸給では、何年分積んでも購《あがな》えるような値段ではなかった。

強くなりたい。その思いが、今のジャンを支配している。

それは良いことでもあるし悪いことでもある。戦争は戦争であり、教育の場ではない。

結果として戦争から何かを学び取ることはあっても、学び取ること自体は戦争の目的ではないはずだ。

しかし、今回の出征での祖父には、また違った考えがあるようだ。

戦争を戦争としてではなく、それ以外の何かとして捉えている。

かといって、名将グランの戦争が損なわれているわけではない。むしろ、他の誰をこの役に充《あ》てても、グラン・デュ・メーメル以上に上手く演じられる者はいないだろう。

与えられた二万の騎兵を持て余し、ドラクゥと対峙するところまで持ってくることさえできない者が大半だという気がする。

他ならぬジャン自身がそうなのだ。

グランの手本を見た今でこそ、自分なりの南進策を思い付くことができる。以前の自分では思い付かないような策だ。

戦争で、教育されている。祖父の一番大切な戦争で、だ。それが嬉しくて、悔しくて、妬《ねた》ましくて、悩ましい。

言葉にできない感情が、ジャンの中で渦巻いている。

「雲梯《うんてい》、取り付きました」

アルカスの報告を聞き、城壁へ目を凝《こ》らす。

一輌の雲梯《うんてい》が、城壁の最上部に鉤《かぎ》を掛けることに成功したようだ。

敵の抵抗。鉤《かぎ》が外され、梯子《はしご》が倒れる。しかし、もう一度。

下から弓兵が支援し、再度梯子《はしご》が固定される。

「いけるか」

「いけます。衝車《しょうしゃ》も」

城壁上の混乱で、衝車《しょうしゃ》は格段に動きやすくなったようだ。

城門前に上手い具合にできた空隙《くうげき》へ入り込んだ一輌の衝車《しょうしゃ》が、破城槌《はじょうつい》で突き続けている。

守将であるカルキンはどう出るか。

自然とそう考えている自分に、ジャンは驚いた。視野が、広くなっている。

前のめりにならずに戦況を見渡すと、見えるものもあるはずだ。

「アルカス、弓隊に伝令。向かって右の塔を狙え」

「はっ。投石器も向かわせます」

伝令が走り、弓が射掛けられる。

あの塔には、逆襲部隊が集まっている気配があった。そこを攻撃し、動きを鈍《にぶ》らせれば、雲梯《うんてい》や衝車《しょうしゃ》への反撃を遅らせることができる。

「良い読みです、ジャン将軍」

「前のめりにならずに済んだ、というところかな」

「全体が、見えておられる」

アルカスからの呼び方が変わったが、あえて指摘するほど無粋《ぶすい》ではない。

試験はひとまず合格したのだろう。

今回の攻撃は守将の失点で上手く行きつつあるが、そろそろ引き上げだ。

祖父の読みでは、ドラクゥは〈赤の軍〉との対峙を選び続けるはずだった。

攻城兵器部隊は脅威《きょうい》だが、単独でパザン市を掌握《しょうあく》できるだけの規模がないとドラクゥが読み切っている、と〝信頼〟している。

グラン・デュ・メーメルという将軍は、敵とその能力を信頼する。そして、信頼に基づいて、敵の行動を戦棋《せんき》のように読んでいくのだ。

「頃合いを見て、退く準備をはじめる」

「傭兵《ようへい》たちは逸《はや》っておりますが」

「深入りは禁物だ。どうせこの人数ではどうにもならない。そのために高い金を払っているのだ。傭兵《ようへい》もよく分かっているだろう」

予想外の事態は常に起こり得る。

ドラクゥがもし、グランとの戦いを放棄し、後ろを襲われることを看過《かんか》してまで攻城兵器部隊に逆襲を考えたとしたら。

それは、グランにとってもジャンにとっても厄介《やっかい》だ。

攻城兵器は素早く動かせないから、全て捨てていくことになるだろう。そうすれば、再び準備するのに多くの時間を要する。

今回はドラクゥに〝こういう手もある〟と見せるための攻撃だ。

そうすることで、ドラクゥの心に楔《くさび》を打ち、戦術の幅を狭《せば》める。

やはり、グランはドラクゥとの戦いを楽しんでいるのだ。

気付かれぬように、衝車《しょうしゃ》が退きはじめる。

雲梯《うんてい》も、目立つ二輌を除いて折り畳《たた》みが始まっていた。

全てを持ち帰ることはできないが、損害は許容できる範囲に収まりそうだ。

そう思ったとき、背後の森から何かが聞こえてきた。

×××

森が、動いた。

身体中に木の葉や泥を纏《まと》わりつかせた人熊の隊が、一斉に連弩《れんど》を放つ。

〈青〉のダッダの伏兵は、完全に敵の虚《きょ》を突いていた。

本陣を後ろから襲われて、〈千変〉のジャンの旗本《はたもと》は恐慌状態に陥《おちい》っている。

「初手は上手く行ったか」

「まだだ、ダッダ。気を抜くなよ」

自分も泥にまみれたダッダの肩の上に、人鼠のハツカが涼しげな顔で乗っている。

軍装ではない。今ここにいるハツカの身分は、兵でも将でもなく、単にダッダの師としてのものだった。言うなれば、軍師ということになるかもしれない。

ただの伏兵というには、余りにもダッダの隊は伏兵であり過ぎた。

既に五日、ここに伏せている。これは、グランの軍がオルビス・カリスを進発したという情報をダークエルフが掴《つか》んですぐに伏せたということだ。

作戦はダッダが立案したことになっていたが、当然そこには、ハツカの意見が色濃く反映されている。

「しかし、よくここが分かったものだ」

「グラン先生の癖《くせ》だ。奇襲部隊の退路はなるべく短く済ませようとする。そう考えると、東側の城壁を攻める可能性が最も高くなるからな」

「もしここに奇襲部隊が来なければ？」

「大変結構。パザンが奇襲部隊に襲われることはない。パザンには少しの間住んでいたからね。こう見えても愛着がある」

ハツカと言葉を交わしながらも、ダッダは大弓を射続ける。

長く同じ姿勢でいたので、身体中が冷たい石のように強張《こわば》っていた。それでも、心は驚くほど澄《す》み渡っている。

〈千変〉のジャンのいる辺りだろう。混乱から回復しはじめた旗本《はたもと》が集まっていた。

そこを狙って、撃つ。

剛弓《ごうきゅう》から放たれた矢が、敵兵の首を飛ばした。ジャンではないようだ。

敵が、纏《まと》まりはじめる。攻城兵器を撤収させようと作業していた兵も、本陣の方に参集しつつあるようだ。

「……ここで守将が門を開けて攻撃してくれれば、挟撃《きょうげき》になるのだがな」

「おいおいダッダ。何度も教えたはずだ。ありそうもない期待は捨てること。今の東壁の守将はあのカルキンだ。会ったことは？」

「ある」

「なら、分かるだろう。ここはお前さんの踏ん張りどころだ」

ハツカの言葉に頷《うなず》くと、ダッダは大弓を背中に背負い、両掌《りょうてのひら》に唾《つば》を吐《は》いた。

持ち変える得物は、剣だ。トロルの使う両手剣を、片手で扱う。

一度だけ、振り返った。何の合図をしなくても、部下の人熊は連弩《れんど》から槍《やり》や剣、斧《おの》に武器を変えている。

「人熊、突撃！」

「人熊、突撃！」

ダッダの上げる鯨波《げいは》に、人熊の戦士が追従した。

轟《とどろ》く蛮声《ばんせい》に、ジャンの手勢が怯《ひる》むのがはっきりと見えた。行ける。

走りはじめると、強張《こわば》っていた身体が嘘のように軽く感じた。血が熱い。先頭を走りながら、鬨《とき》を上げ続ける。言葉はもう、意味をなさない。

ぶつかった。剣を振るう。斬るというより、圧《お》し潰《つぶ》す要領だ。

敵兵は雑多な傭兵《ようへい》だが、思ったよりも堅い。金払いが良いからではないだろう。

〈千変〉のジャンはそれだけ、兵の心を掴《つか》んでいる。あるいは、その上にいる〈万化〉のグランが。

ゴブリンを三体斬り伏せたところで、ジャイアントと出くわした。

東に棲《す》む種族で、傭兵《ようへい》になっているのは珍しい。図体だけかと思えば、なかなかの練達の士のようだ。

振り下ろされる相手の剣を、受ける。咄嗟《とっさ》に両手持ちに変えていなければ、弾き飛ばされていた。人熊の膂力《りょりょく》に任せて押し返し、突き倒す。

ここで負けるつもりは、ダッダにはない。

混戦は乱戦へと様相を変えたが、ハツカの予想よりも敵は粘《ねば》っている。傭兵《ようへい》が踏み止《とど》まっているというだけではない。他にも、何か要素があるようだ。

「敵が退かない」

「予想外のことは起こるものだ」

転がり落ちないように肩にしがみつくハツカの口調は落ち着いている。

「原因は分かるのか？」

「まさかとは思ったが、〈千変〉のジャン・デュ・メーメルだ。実によく指揮を執《と》っている。補佐しているアルカスの手際《てぎわ》かと思って見ていたが、どうもジャン自身の実力だ」

「読み違えたのか」

「成長した、ということだろう。古い諺《ことわざ》に〝三日見なければ人山羊の角は伸びる〟とも言う。ジャンの成長を甘く見過ぎたな」

策の前提条件が崩れたというのに、この軍師は随分と余裕に満ちていた。

ダッダは、向かってくるケンタウロスを片手で持った剣で薙《な》ぎ払い、一息入れる。

「その割には随分と落ち着き払っている。控《ひか》えめに言ってかなり拙《まず》い事態だと思うが」

「戦況が少々拙《まず》いくらいで悲嘆にくれる必要はないよ。この奇襲は成功だ。敵の攻城兵器はもう使えない」

そう言ってハツカの指し示す方を見ると、確かに攻城兵器が燃えていた。

別働隊が、上手く火を付けてくれたらしい。乱戦から抜けて火を消しに向かおうとする敵兵もいるが、それを許す人熊族の戦士ではない。ダッダ自身の奇襲を囮《おとり》にした陽動は成功していた。

「〈千変〉のジャンは、さっさと退くべきだったのか」

「そういうことだ。ダッダも分かってきたな。ここで今戦っているのは、双方にとって全く無駄なものに成り下がった」

「それでもお互いに引き際を見極め切れずにいる、と」

「ここの傭兵《ようへい》が〈赤の軍〉と再合流すると厄介《やっかい》なのは確かだから、数を減らすのは全体の戦いから見て意味はある。だが、〈千変〉のジャンの方には全く理由はないなぁ」

局地戦を戦いながら、全体の戦いでの駆け引きを考える。

ドラクゥ軍対〈赤の軍〉として見れば、今ここで争っているのは確かに無駄だ。

〈千変〉のジャンがすべきなのは、〈青〉のダッダと斬り結ぶことではなく、少しでも傭兵《ようへい》の戦力を温存するために北へ逃げることだったはずである。

だが、その引き際をジャンは見誤った。

ハツカの口ぶりからすると、かつてのジャンであれば、戦線を支え切れずに逃げ出していただろうという風にも聞こえる。つまり、成長したが故《ゆえ》に、敵は無駄な戦いを続けざるを得なくなっているのだ。

自分もその轍《てつ》を踏まぬようにしなければならない。

そんなことを考えながら、ダッダは剣を振るう。

「ハツカ殿は、この戦いで師である〈万化〉のグランを超えたのか」

「いや、そうではないと思うよ。いくら先生とはいえ、私がこちらの陣営に手を貸していることまでは読んでなかったはずだ。私がいると考えていれば違う策を使ったにちがいない。しかし、もしそこまで読んでいたとしたら……」

「……ハツカ殿？」

歯切れの悪くなった師の方を見ようとするが、肩の上に乗っているので上手く表情は窺《うかが》えなかった。

「……自分の孫に、敗北を贈り物にする祖父なんて聞いたことがないな」

ハツカの呟《つぶや》きは、味方の喊声《かんせい》に掻《か》き消され、ダッダの耳には届かない。

味方優勢を見たカルキンが、ようやく城門を開いたのだ。

敵兵も、徐々に退きはじめている。小さな一つの戦いが、終わった。

× × ×

失態を弁明するシェイプシフターを殴《なぐ》った。

ぐにゃりとした嫌な感触が、拳《こぶし》にまだ残っている。

制止したアルカスには悪いと思ったが、ジャンはあの場で殴《なぐ》っておかねばならなかったのだ。それは自分の矜持《きょうじ》のためというより、失った兵のためだった。

商人風に姿を変えていたそのシェイプシフターは、いつの間にか姿を消している。兵の中に姿を紛《まぎ》れ込ませたのか。まるで手品のような早業《はやわざ》だ。

頬《ほお》を押さえていたが、痛みはなかっただろう。痛みを全く感じないわけではないだろうが、手応《てごた》えは酷《ひど》く鈍《にぶ》い。そういう種族だと、魔軍では教えられていた。

代わりに、虐《しいた》げられることに対しては恐ろしく敏感《びんかん》だ。蔑《さげす》まれることや、疎外《そがい》されることにシェイプシフターは鋭敏《えいびん》に反応する。今回殴《なぐ》ったのも、肉体的な懲罰《ちょうばつ》を与えるというよりは、別の意味の方が大きい。

「何も直接手を上げなくても」

「今回の策は奇襲だった。事前に斥候《せっこう》は出せない。その状況で、あのシェイプシフターは確かに近くに敵は潜んでいないと報告してきたのだ」

「はい、しかし」

撤退というより、敗走だ。

隊列を組むこともできず、配下の傭兵《ようへい》たちは三々五々と北へ向かっている。

それほどまでの、敗北だった。

ジャンだけが、馬に乗っている。アルカスが何処《どこ》かから見つけてきた馬だ。軍馬ではなく、荷役《にやく》用のものだろう。ジャンが乗るとしばらくぐずついたが、今は大人しくなっている。

「相手がどう思っているか知らないが、殴《なぐ》ったことは良かったと思っている」

「と、言いますと」

「殴《なぐ》らなければ、斬らねばならなかった。殴《なぐ》ったことで、不問にしたのだ」

「ああ、そういうことでしたか」

アルカスが目を閉じ、何かを口の中で呟《つぶや》くような所作をした。そういう姿は初めて見る。段々と気を許してきたのかもしれない。

「アルカスはどうするべきだと思った？」

「殴《なぐ》るべきではなかった、と。上官が自ら手を下《くだ》せば、どうしても私的な制裁の色が滲《にじ》みます。その上で」

「処刑か」

「〈赤の軍〉の軍規では、そうなります」

「ふむ」

失敗すれば、死。

軍規を守るためには、仕方のないことだ。今回のシェイプシフターも、規律に照らせば斬るべきだった。だが、どうしてもそうしたくなかった。

だから、シェイプシフターを殴《なぐ》った。

どこかに辿《たど》り着く前に、この始末だけは付けておきたかったのだ。軍営やオルビス・カリスに帰った後では、確実に処断しなければならなくなる。

その厳格さが〈赤の軍〉を〈赤の軍〉たらしめていることは、ジャンにもよく分かる。

しかしそれは、魔軍の統御というよりも、ジャン自身が討伐の任に当たっていた匪賊《ひぞく》の規律に近いという気がする。

部下が足りなくなれば、どこかから攫《さら》ってくれば良い匪賊《ひぞく》と違い、〈赤の軍〉は選《よ》りすぐりの精鋭だ。そのことを考えると、罰則としての死は適切でない気がしてくる。

「いずれにしても、負けは負けだ」

「はい」

「攻城兵器も、全て燃えてしまった」

思えばあの熊、〈青〉のダッダの攻勢は囮《おとり》だったのだ。

攻城兵器を逃がすことだけに集中していれば、何輌かは救い出せたかもしれない。いや、何輌かではやはり駄目だ。

可能な限り、助け出さなければならなかった。数輌を温存したところで、再攻撃は不可能だ。攻城兵器部隊を再建するには、魔都からの船便を待つ必要がある。

奇襲に気付けなかった時点で、ジャンは負けていたのだ。

後は、負け方の問題だった。

兵をなるべく失うべきではなかった、と今にして思う。

草原の中を北へ向かう兵の数はあまりに少ない。〈赤の軍〉の主力が騎兵である以上、それと組み合わせるべき歩兵は、ある程度の数が必要になる。

今の数では、騎兵の補佐という任務は難しいだろう。小競り合いくらいならやってみせるが、それだけだ。ドラクゥ軍の主力を相手に、攻めるのも守るのも不可能なまでに、この隊は痩《や》せ衰《おとろ》えている。

「隊は、どちらに向かわせましょう？」

「オルビス・カリスか、〈赤の軍〉がいるはずの辺りか」

〈赤の軍〉に合流しても、やることはない。今の手勢では邪魔になるだけだ。

敗走する傭兵隊《ようへいたい》をもう一度戦える状態にするためには、休息と酒とそれ以外の何かが必要になる。そういう単位の部隊の扱いに掛けては、〈千変〉のジャンは他の将軍に負けないという自負があった。

「アルカス、お前には〈赤の軍〉の方へ連絡に向かってもらう」

「では、隊は」

「敗残の兵を糾合《きゅうごう》してオルビス・カリスに向かう。そこで休養を取らせてから再編制だ。指揮は、私が執《と》る」

「畏《かしこ》まりました」

一礼だけすると、アルカスは北西の方へ走っていった。

如才《じょさい》のない男だ。どこかで馬を調達するのだろう。あれだけの男を指南に付けられていながら、どうして自分は負けてしまったのか。

敗走の中でも手放さなかった硬鞭《こうべん》に手を触れたとき、不意に何かが分かった気がした。

〝教育〟

祖父グラン・デュ・メーメルにとって、この敗北すら孫である自分への教育だったのではないか。

いや、まさか。

あの位置に伏兵がいるということを、予測できるはずがない。

いくら〈万化〉のグランが天才軍略家であったとしても、そんなことができるとは思えなかった。

単純に、読み切れなかったのだ。敵の中に、大メーメルでさえ読み切れぬ将がいた。それだけのことだ。

しかしそうなると、その将のことが気になる。

祖父は、敵対する全ての将の情報を頭に入れてから戦うべきだと、ジャンに教えた。

そんな祖父が動きを予測できないほどの男が、敵の中にいるのだろうか。

ジャンは、パザンに駐留する敵将の名前と情報を頭の中で反芻《はんすう》する。

守将のカルキンではあるまい。東壁の指揮からして、見るべきところのない男だ。

ああいう男を守将に据えねばならないところに、ドラクゥ軍の弱さがある。

では、竜裔族のラーナはどうか。

大魔王を僭称《せんしょう》するドラクゥの妻であり、パザン市の内政にも深くかかわっている彼女は、今回の戦争では北壁の守将のような立場にいる。実務の多くは副将として付けられているル・ガンが取り仕切っているようだが、指揮能力はなかなかのものだという。

だが、根拠は薄弱だ。

グラン率いる〈赤の軍〉が北から迫っているときに〈青〉のダッダを東に回せるだけの胆力《たんりょく》を持っているとしたら、希代の名将と讃《たた》えてもいい。

では、誰か。

鞍上《あんじょう》に揺られながら敵の名を思い返していると、一つ検討を加えていない名があることに気が付いた。

ハツカ。

人鼠族のハツカは祖父の弟子であり、軍略の才能豊かな男だ。今は、ドラクゥ領のどこかに潜伏しているのではないかと言われている。あの男であれば、今回の策を読み切ることができるのではないか。

あるいは。

頭を過《よぎ》った邪悪な考えを洗い流すため、ジャン・デュ・メーメルは水筒の中身を乱暴に飲み干した。それでも、針の穴のような小さな隙間《すきま》から染《し》み出てきたどす黒い疑いは、徐々にジャンの心を埋《う》め尽くしていく。

「祖父が、策を弟子に漏らしていたとしたら……か」

馬を牽《ひ》くゴブリン族の若い従卒《じゅうそつ》が、怪訝《けげん》な顔でこちらを見上げる。

慌《あわ》てて口元を押さえ、ジャンは平静を装った。単なる独り言と思ったのだろう。従卒《じゅうそつ》は何事もなかったように前に向き直り、歩き続ける。

祖父が策を漏らしたなど、あってはならないことだが、同時に一番ありえそうな気のする仮説だ。ハツカがあの場所にいたかどうかは分からない。だが、ハツカを通じてドラクゥに策を伝えることはできたように思える。

完全な奇襲を、完全な伏兵で迎え撃たれる。

そんな経験を積んだ将は、用心深く成長するだろう。つまり、教育だ。

やはり、祖父はこの戦いを、戦い以外の何かとして見ているのではないか。

ジャン・デュ・メーメルへの教育、というだけでなく、自分の生きてきたことの集大成として、この戦いを利用しようとしているのでは。

そう考えると、名将グランが二万の騎兵を擁《よう》しながら、ドラクゥの野戦軍と飯事《ままごと》や演武のようなぶつかり合いをしていることにも、説明がつくような気がする。

この戦いは〈万化〉のグラン・デュ・メーメルにとっての幕引きであり、〈千変〉のジャン・デュ・メーメルへの教育であり、同時に〈大魔王〉ドラクゥへの教育なのではないか。

そう考えたとき、ジャンの背中を冷たいものが流れた。

〈赤の軍〉はどうなのだ。

自ら片角を斬り落としてまでこの地に連れてきた〈赤の軍〉は、グラン・デュ・メーメルの最後の舞台演劇の中で、どういう役回りが与えられているのだろう。

悲劇の名将とともに失われる、歴戦の勇士？

いや、そのようなありきたりな筋書きではないだろう。祖父と祖母が休みを使って密《ひそ》かに観劇に出向く趣味があることをジャンは知っていたが、演目はいつも悲劇では終わらない。どこか救いのある物語を、祖父は好んでいる。

で、あれば。

もう一度、〈北の覇王〉が購ってくれた硬鞭《こうべん》を撫《な》でさすった。

〈大魔王〉ドラクゥに、〈赤の軍〉を献上する。

それはとても美しい結末だ。悲劇によって敵味方に分かれたかつての師と弟子が戦場の中で和解し、忠義と忠義の間で揺れ動く二万の精鋭は、かつての皇太子を推戴《すいたい》するために属する陣営を変える。

何たる英雄譚《えいゆうたん》。

劇に仕立てれば連日観客が途切れることがないであろう。

いや、それすらも〈万化〉のグランの狙いなのかもしれない。

魔都では、大っぴらには口にされないが〈大魔王〉ドラクゥの即位を喜んでいる者が多いのだ。

今でこそ〈北の覇王〉と〈皇太子〉レニスを慮《おもんぱか》って囀《さえず》る雀《すずめ》もいないが、劇にでもなって好評を博すことになれば世論は一気に傾くだろう。

だが、それを認めるわけにはいかない。

何故《なぜ》ならば〈千変〉のジャンは軍監であり、軍監である以上はその任を全うしなければならないからだ。

今回の行軍で祖父には恩義を感じている。長く放置されていた年月を埋《う》め合わせるように教育してくれていることも分かっている。

ただ、そのやり方が、気に食わないのだ。

戦いを教育のために仕組んだというのなら、あの獰猛《どうもう》で狡猾《こうかつ》な〈青〉のダッダとの戦いで死んでいった傭兵《ようへい》たちは、何だったのか。

教育に使うための教材だったとでもいうつもりなのか。

一〇〇〇や一万の兵力の扱い方では、〈千変〉のジャンにはまだまだ学ぶことが多い。

しかし、二〇〇の兵を扱う戦いでは、祖父と戦っても粘《ねば》ってみせる自負がある。

二〇〇という数は、自分の声の届く範囲だ。部下の顔を全て覚えられる規模だ。

祖父は、それを捨てろというのか。それすらも教育だというのか。

馬上で悩む内に、敗兵の群れはオルビス・カリスに辿《たど》り着いていた。

傭兵《ようへい》たちを市外の軍営に入れると、ジャンはオルビス・カリスに入った。

内海の上に突き出たように広がっているこの城市には、船乗りが多い。

大型の船で乗り付けられる内海最南端の港だからだ。

自然、宿や酒場が多くなる。荒《あら》くれ者の集《つど》う店も多い。

ジャンのいるべき場所は軍営だったが、市内に宿も押さえてあった。押さえてあるというより、街の代表者が自由に泊まってくれと差し出したような宿だ。

軍が駐留するとなると、色々と便宜《べんぎ》を図《はか》ってもらいたいと考える者はいる。それを断った方が面倒になることを、ジャンは知っていた。

浅瀬に杭《くい》を打って板を渡した上に、その宿は建っている。足元に地面がないのは、慣れるまではどうにも居心地の悪いものだ。

軍営を離れる前に、従者には酒保《しゅほ》を開放しても良いと伝えてきた。飲み食い自由ということだ。敗戦で受けた心の傷は、酒で洗い流した方が良い。

今のジャンには、他に流してしまわねばならないものもある。

宿の一階は酒場になっていて、昼間だというのに船乗りで溢《あふ》れていた。

腐りかけた床板を慎重に避けて席に着くと、ジャンは宿の主人に安物の酒を頼む。

主人は片眉《かたまゆ》だけ動かして怪訝《けげん》な表情を浮かべたが、注文通りに安酒の瓶《びん》を持ってきた。

いつもはもっと高い酒をここで頼むが、外の兵たちに合わせたのだ。

さして強くないはずの酒精《しゅせい》が、どういうわけか今日は喉《のど》に染《し》みる。

祖父が最初から裏切っているという可能性は、頭の何処《どこ》かにあった。

そもそも〈北の覇王〉ザーディシュの命《めい》に素直に従うような将軍ではない。魔軍の中でも名誉職に近い魔軍騎兵総監に任じられていたのは、その世渡りの下手さ故《ゆえ》というところがある。文官たちとも折り合いが悪く、不遇ではないが、いつもどこか役不足な職を割り振られていた。

大魔王家戦術指南役に就《つ》くまでは、明るい道を歩いてきたとは決して言えない。

叛乱《はんらん》や魔都の北東に蟠踞《ばんきょ》する〈蝗帝《こうてい》〉との戦いではいつも前線に立っていたが、その功を功として認められることは少なかったのだ。

そんな祖父が、愛弟子に掛ける情熱は凄《すさ》まじかった。

孫である自分が捨て置かれたと感じるほどに、グランは弟子の育成に邁進《まいしん》したのだ。

その弟子のために、全てを擲《なげう》つ覚悟はあるような気がする。

椀《わん》の酒を、干す。

魔都との交易があるオルビス・カリスでは、高い酒は葡萄酒《ぶどうしゅ》だが、値が下がると馬乳酒《ばにゅうしゅ》を割った物を出す。それほど強くないが、癖《くせ》がある。

自分は、どうすべきなのか。ずっと考え続けている。

大恩ある〈北の覇王〉の命《めい》に従うべきだという考えが、少し揺らいでいることに、ジャンは自分でも驚いていた。

祖父が自分を短い期間で育て上げようとしてくれていることは、感じている。

そのためには方法を選んでいられないということも、頭では理解していた。

ただ、兵を犠牲《ぎせい》にすることを前提として、敵に情報を漏らしたのだとしたら、それだけは許すことができない。もし許せば、〈千変〉のジャンが〈千変〉のジャンでなくなってしまう。

譲れない一点として、そこだけは忽《ゆるが》せにできない。

「軍監殿、探しましたよ」

隣に腰掛けたのは、この場に全く不似合いな男だった。

人蝙蝠族《ワーバット》の文官で、確か名前はバルバベットといったはずだ。

声が耳障りなので、よく覚えている。

「魔都の文官殿がこのような僻地《へきち》までご足労とは」

「僻地《へきち》、僻地《へきち》と言いますがね、軍監殿。今後の魔界の未来を左右する、一番大事な場所ですよ、今のここは」

「そのことについては、否定するつもりはないな」

店で一番高い葡萄酒《ぶどうしゅ》を注文し、バルバベットはそれを不味《まず》そうに啜《すす》った。

普段飲んでいる物とは随分と等級が違うようだ。露骨に顔に出すのは、文官としてどうなのだろうかと思ったが、口に出すほど無粋《ぶすい》ではない。

「で、私に何の用だ」

「単刀直入な方だな、〈千変〉殿は」

「私は忙しい。ふざけるのが目的なら、話はお仕舞いだ」

「ああ、待ってください、待ってください。大事な用事があるのです」

「用事だと？」

バルバベットが懐《ふところ》から取り出したのは一通の書状だった。

上等の涜皮紙《とくひし》に、大層な封蝋《ふうろう》が捺《お》してある。封蝋《ふうろう》の紋を見て、ジャンは不快さに口元を歪《ゆが》ませた。

「どういうことだ？」

「どういうこと、と申しますと？」

「なぜ貴様が〈北の覇王〉ザーディシュ様の書状を持ってきたのだ、と聞いている」

「軍監殿、声が高い」

店内を見渡すと、船乗りや商人たちがこちらを興味深そうに眺めている。

今の魔界において、〈北の覇王〉ザーディシュの名にはそれだけの価値があるのだ。

ジャンは懐《ふところ》から先代大魔王の肖像《しょうぞう》が彫《ほ》られた金貨を一枚取出し、主人に手渡す。主人は無言で頷《うなず》くと、他の客を追い出し、自分も奥へ引っ込んだ。

「これで聞き耳を立てる奴はいなくなった。どういうことか説明してもらおう」

「大した手際《てぎわ》で。さすが〈千変〉殿」

「妙な世辞《せじ》は良い。〈皇太子〉レニスの飼い犬のお前が、どうしてこれを持っている？」

バルバベットは、〈皇太子〉レニスの子飼いだ。

少なくとも、魔都の大魔城ではそのように見做《みな》されている。

権勢を誇る〈北の覇王〉といえど、永遠に生き続けるわけではない。〈皇太子〉レニスが大魔王として即位したときに、権力の中枢《ちゅうすう》にいようと考えているバルバベットのような者も、少なからずいる。

「私が〈北の覇王〉に仕える忠臣だからですよ」

「よくもまぁ、ぬけぬけと」

「本当です。でなければ、〈北の覇王〉の封蝋《ふうろう》を捺《お》した書状など、この場に持ってこられるはずがありません」

バルバベットの目を、正面から見据えた。

嘘を言っているか。人蝙蝠の目からは、何も窺《うかが》えない。

ジャンはもう一杯馬乳酒を頼もうとして、主人が席を外していることに気が付いた。

仕方がないので、手ずから瓶《びん》を取り、椀《わん》に注ぐ。馬乳の醸《かも》された強烈な香りに、バルバベットは顔を背《そむ》けた。

「まぁいい。信じる、信じないは後にしよう。この書状の中身は何だ」

「読んで確かめてみれば良いでしょう」

「お前がそれを盗み見ないとどうして言い切れる。私はまだ、お前がこれをどこかから盗み出してきたという疑いを解いてないからな」

「ふぅむ、なるほど。信頼のないことで」

「お前が逆の立場なら、絶対に信用も信頼もしないと思うが」

「まぁ、仰《おつしや》る通りです」

一つ咳払《せきばら》いをしてから、バルバベットは朗々《ろうろう》と〝書状の中身〟とやらを語り出す。

相変わらずの声音《こわね》だが、内容はもっと耳障りなものだった。

「この私に、祖父を暗殺しろというのか」

「正確には、軍監が軍監の本分を果たし、敵と通じている逆臣を討てという内容です」

「莫迦莫迦《ばかばか》しい。不愉快だ。第一、証拠がない」

「……本当にそうお思いですか」

顔を覗《のぞ》き込むバルバベットの表情は真面目《まじめ》さを装っているが、口元には隠しきれない嘲弄《ちょうろう》の色が刻まれている。どこまでも腹立たしい男だ。

ジャンは人蝙蝠の奸臣《かんしん》を一瞥《いちべつ》すると、涜皮紙《とくひし》に手をかけた。

「おっと、軍監殿。その書状、本当にお開けになるおつもりですか？」

「開けねば読めないだろう？」

「はい。書状は、開けねば読めません」

バルバベットの口角が上がる。してやられたということに、ジャンはようやく気付いた。最初からバルバベットは、ここで書状を開けさせるつもりはなく、口頭で内容を伝えるつもりだったのだ。

「開けてしまえば、祖父を私が討たねばならない、と。そう言いたいわけだ」

「はい。確たる証拠がないとお考えなら、開けなければよろしい。軍監殿は〈北の覇王〉からの命令を見ていなかった、ということにすれば良いのです」

「姑息《こそく》だな」

「私は軍監殿に選択肢を残したのですよ」

中に、本当に〈北の覇王〉からの命令が書かれていた場合、ジャンはそれに従わなければならない。履行《りこう》しないと、反逆者になる。

開けなければ、命令は伝達されなかったと言い逃《のが》れはできるかもしれない。

では、中身がまるで違っていた場合はどうか。

どこかの部隊への休暇命令が〈北の覇王〉の名で出されたものを、この薄汚い人蝙蝠のバルバベットが盗み出していたとしたら。

開ければ事態はすぐさま露見する。その場でこの卑劣漢《ひれつかん》を斬り殺してもいいだろう。

ともかく、開けない限り事態は何も変化しない。

開けて、なおかつ祖父に手を掛けずに済む方法はないか。

証拠がなければいい。祖父に何ら疑いを抱く余地がないなら、書状を開けても何の問題もないのだ。

だが、今のジャンの胸の中には小さな疑念が渦巻いている。

それは確かに、叛逆《はんぎゃく》の証拠としては根拠が薄弱だろう。そうかと言って、完全に無視し切れるものではない。

起こるはずのないことが、起きたのだ。その意味は大きい。

「如何《いかが》されますか？」

「……この書状は、私が預かっておく」

「なるほど」

「用事は済んだだろう。さっさと帰れ」

バルバベットは慇懃《いんぎん》に礼をすると、そのまま音もなく酒場を出ていく。

その所作は、まるで一仕事を終えた舞台俳優のようにも見えた。

第四章　山ノ如シ

ティル・オイレンシュピーゲルが通されたのは、古い会議室だった。

今回の部屋は、調度を全て中華風に揃えている。

唯一神側――つまり〝神界〟にいくつか設《しつら》えられているこういった部屋は、どれも華美に過ぎず、それでいて凝《こ》った造りになっていた。持ち主の趣味なのだろうが、ティルには少し物足りない。

先に席に着いていた大天使たちが、ティルに気付いて顔を上げた。

彼らの表情は様々だが、視線にはどれも軽侮《けいぶ》の色が混じっている。中にはあからさまに見下した目でティルを見ている者もいた。灰色の髪を角刈りにした大天使だ。その顔を、ティルはしっかりと記憶に刻みつけた。

どうしてここに呼ばれたのか。

理由はいくつか考えられるが、おそらく碌《ろく》なものではない。思い当たる節については、多過ぎて数え上げればきりがなかった。

ほどなく大天使長が入室し、一番の上座《かみざ》に着く。

一番の下座《しもざ》を占めることになったティルとは、対面の位置になる。

若々しい姿でいることを好む大天使の中にあって、大天使長だけは小柄《こがら》な老婆《ろうば》の姿をとっていた。

しかし、威厳があるという風ではない。

引退した元女優か何かと紹介されれば信じてしまいそうな風貌《ふうぼう》だ。セシリーという名である、この大天使長の顔をティルが見るのは、これが初めてだった。

「さて諸君、定例外に集まってもらったのは他でもない」

口を開いたのは、会議の進行役を務めている大天使だ。先程ティルを小ばかにした目で見つめていた角刈りだった。

「これまで長く停滞を続けていた〝天界〟で大きな動きがあった。ごく一部ではあるが、神や邪神が〝天界〟を離脱し、独立を宣言している」

列席する三〇ほどの大天使たちが一斉に呻《うめ》く。

これまでほとんど想定されていない動きだった。〝神界〟は〝天界〟の活動を緩《ゆる》やかにさせ、事態の複雑化を防ぐ方向に物事を進めてきている。このまま世界の終わりまで、怠惰《たいだ》と享楽《きょうらく》に浸らせておくのが既定の路線だ。

その前提が、ここに来て根本から崩れる恐れが出てきた。

「数はどうなのだ。ごく一部、というのは」

尋《たず》ねたのは、隻腕《せきわん》の女大天使だ。長髪をサイドに垂らした文句なしの美人だが、少し近付きにくい凛々《りり》しさがある。

「まだはっきりとは分からない。現在確認できているのは一〇柱に満たないが、〝天界〟の非主流派の中には同調の動きがある」

「たった一〇柱の神が離脱した程度で、大天使を招集するのか？」

「……その中には、〈戦女神《いくさめがみ》〉ヨシナガも交じっているのだ」

今度の呻《うめ》きは、先程よりも深いものになった。ヨシナガという名には、ここの大天使たちを刺激する何かがあるのかもしれない。女大天使が、今はもうない片腕を擦《さす》っているのが、ティルの目には奇異に映った。

角刈りが続ける。

「この〝独立派〟が、単に彼らの政治的主張のために集まっただけであれば、〝神界〟への脅威《きょうい》はほとんどない。しかし厄介《やっかい》なことに〝独立派〟の中には、魔界の現在の〈大魔王〉が信仰する邪神、ヒラノが含まれている。そして愚かなことにこのヒラノという邪神は、科学技術の提供を惜《お》しみなく行う方針を採っている可能性がある」

ヒラノの名を聞いたとき、ティルは思わず小躍《こおど》りしそうになった。

白鳥城から〈戦女神〉ヨシナガを攫《さら》ったところまでは把握《はあく》していたが、まさかそんなおもしろいことになっていたとは。

〝天界〟からの独立という発想も良い。何なら〝神界〟からそちらに寝返っても良いくらいだ。もちろん、そこまでの軽挙はしないが、将来の方策としてはあり得る。

そして、獅子身中《しししんちゅう》の虫としてヒラノに復讐をするのだ。

「惜《お》しみなく、というのはどの程度か？」

別の大天使の質問に、角刈りは不快そうに顔を歪《ゆが》めた。

「……全て、と考えてもらって構わない。〝神界〟と〝天界〟の条約に掣肘《せいちゅう》されない彼らの勢力は、基本的にありとあらゆる技術の発展を容認する可能性がある。既に彼らが紙の技術を下界に開放したことも確認されているのだ。魔界では最低でも二つ、多ければ五つの製紙工場が既に稼働状態にある」

「馬鹿な、早すぎるぞ」

「これまで無理に押さえ付けてきたのだ。社会の進歩が歪《いびつ》である以上、必要とされる素地はあったと考えるべきだ。そしてさらに憂慮《ゆうりょ》すべきことに、彼らの領域に錬金術師が逃げ込んだ恐れがある」

この言葉に、上座《かみざ》の大天使長セシリーが反応した。

書見用の眼鏡を取り、両掌《りょうてのひら》を合わせて唇《くちびる》に当てる。

「それは大きな問題ですね。これまで〈聖堂〉は何をしていたのか」

凛《りん》とした声に、場が静まり返った。ほんの少し前までは小柄《こがら》な老婆《ろうば》にしか見えなかったのが、今ではその威厳は一国の女王にも匹敵《ひってき》する。いや、まさに今の彼女は〝神界〟を統《す》べる女王のような立場にいるのだ。

「〈聖堂〉には、錬金術師を狩り出すように神託を何度も下《くだ》しております。高い技術力を持った者はほとんど始末を終えているという報告は受けております」

「その方針自体は問題ないでしょう。唯一神の御心《みこころ》に叛《そむ》く背教の輩は誅《ちゅう》されるべきですからね。問題となるのは方法です。どうして彼らを一網打尽《いちもうだじん》にできなかったのか」

「はい」

俯《うつむ》いた角刈りが、隣席の大天使を見遣《みや》る。その男が、〈聖堂〉の担当者のようだ。

視線を向けられた男は居心地が悪そうに腕を組み、小さく咳払《せきばら》いをした。

大天使といえども、大したものではない。少なくともティルにはそう見える。

徳《カルマ》をどれだけ持っているか、ということなのだろう。この中で悪戯《いたずら》を仕掛けて楽しそうなのは、大天使長とあの長い髪の女大天使くらいしかいない。

「いずれにしても、状況はあまり芳《かんば》しくないようですね」

「現在、詳しい状況は調査中です」

「構いません。調査は打ち切りにしましょう」

大天使長の強い語調に、大天使たちの視線が集まる。

「〈聖堂〉に神託を。錬金術師が逃げ込んだという都市ごと、踏み潰《つぶ》してしまえばよろしい。そうすれば何も後腐《あとくさ》れはありません」

「しかしそれでは……」

損害が大きすぎる、とでも言おうとしたのだろう。

しかしその大天使は二の句を継げなかった。

「唯一神の御名《みな》のもとに！」

「ゆ、唯一神の御名《みな》のもとに！」

セシリーがそう口に出すと、慌《あわ》てて周りの大天使たちも唱和する。

それで全てが決まった。議題は〈聖堂〉にどのような神託を下《くだ》すかという方に移る。

〈聖堂〉の僧侶たちは神託に基づいて行動するが、微妙な言い回しについての理解に齟齬《そご》があると、思わぬことをする場合があるようだ。

大天使たちが魔界侵攻の策を次々と組み立てていく。

一度方針さえ決まれば、会議は上手く進むらしい。〈聖堂〉軍に加護を与えるため、どの程度の天使を動員するのかが慎重に話し合われる。

その様子を詰まらなそうに見ていたティルに、上座《かみざ》から声が掛けられた。

「ティル・オイレンシュピーゲルと言いましたね。話があります。奥の間へ」


一対の椅子《いす》と小さな卓、それだけの部屋だった。

壁の四方は白く塗り固められ、明かり取りの窓が天井近くに一つあり、そこから柔《やわ》らかい光が差し込んでいる。暗くもないが、明るくもない。

白で統一された中に一点、卓の上の一輪挿《ざ》しに赤い花が活《い》けられている。

ティルの知らない花だった。

「どうぞ、お座りなさい」

席を勧めるセシリーはたった一人だ。護衛もいない。

もっとも、懸絶《けんぜつ》した徳《カルマ》の違いがあるから、不埒《ふらち》なことを考えてもしょうがない。

椅子《いす》に座る所作の一つ一つがたおやかで、ほんの少し前に大天使を一喝《いっかつ》して黙らせた女傑《じょけつ》と同じ人物とは思えない。

「ここに呼ばれた理由は分かりますね？」

「いいえ、分かりかねます」

ティルの答えを聞いて、セシリーが柔《やわ》らかく微笑《ほほえ》む。

冗句《じょうく》の一つでも言ってみようかと思ったが、物静かな雰囲気《ふんいき》の奥に見え隠れする何かに気圧《けお》され、止《や》めた。大天使長というのは、名前だけのものではない。

悪戯《いたずら》の神としての本能が、ティル・オイレンシュピーゲルにそう教えている。

「……ヴィオラのことです」

その名前を呟《つぶや》くとき、セシリーはまるで秘密の魔法でも唱えるように、静かに、はっきりと、そして密《ひそ》やかな口調だった。

すぐには返答せず、ティルは椅子《いす》の背もたれに身体を大きく預ける。交渉して何かを引き出せる相手でもないということは分かっていた。だが、性分がそうさせてしまうのだ。

ティル・オイレンシュピーゲルは、ヴィオラのことなど何も知らない。

古い記録を調べ、推測に推測を重ねて、彼女が唯一神の娘だという結論に到っただけだ。

そのことも〝天界〟でスパイ組織を差配していた〈初神者喰い〉のヨハンに漏らしただけだ。それがこれだけの短時間でセシリーの耳に入っていることに、正直驚いていた。

「知っている、ということはご存知でしょう？」

「私が貴方《あなた》に尋《たず》ねているのは、どこまで知っているのか、ということです」

知的な光を湛《たた》えた女大天使長の瞳《ひとみ》を見ていると、抗いがたく全てを話してしまいたくなる。きっと、そういう奇蹟を身に付けているのだろう。こういう相手とじっくり話をするのはなかなか骨が折れる。

「大凡《おおよそ》のことは、知っています」

「大凡《おおよそ》、とは？」

「大凡《おおよそ》は大凡《おおよそ》です、セシリー様。口に出すことも憚《はばか》られる真実も含めて」

「……なるほど、大凡《おおよそ》のことは知っているようですね」

ヴィオラは、唯一神の娘だ。

通婚を禁じられている神々の中で、実際に子を生《な》した者は非常に少ない。

ティルの知る限り、〈風の神〉リルフィスと、唯一神だけのはずだ。しかも、リルフィスの娘は人である。神として扱われているのは、ヴィオラだけということになる。

「……では、何処《どこ》にいるのかも？」

ティルは口を噤《つぐ》み、活《い》けられた花の赤に意識を集中した。

ここで知らないと一言いってしまえば、会談はここで終わりだ。おそらくティル・オイレンシュピーゲルは、世界の終わりまでセシリーと再び見《まみ》える機会はないだろう。もちろん、悪い意味で。

下手をすると、色々な理由を付けて消されることさえ考えられた。

ヴィオラという女神が唯一神の娘である、ということが大きな秘密であるのは、考えなくてもよく分かる。

「それをお教えする理由は？」

「ティル・オイレンシュピーゲル、質問に質問を返すのは良くありませんね」

「しかし、そうせざるを得ません、セシリー様。ボクには、ヴィオラ様について貴女《あなた》にお話しして良いかどうかの、確証が得られないのです」

ハッタリだった。

ヴィオラの件は、ひょっとすると大天使長の権限の埒外《らちがい》にあるのではないか。その可能性に賭けたのだ。

唯一神にも親心があるのなら、娘には好きにさせているかもしれない。

セシリーは、答えなかった。

ティルは心の中で、密《ひそ》かに想い人に感謝する。危ない橋を渡るとき、いつもクリスティーナの顔を思い浮かべることにしていた。

「ヴィオラの居所を、知る必要があります」

「知る必要がある、というのは穏やかではありませんね。大天使長の力を使えば、すぐに見つけられるのではありませんか」

「ティル、事態は秘密裏に進める必要があることくらい、貴方《あなた》も分かっているでしょう？」

ヴィオラが唯一神の娘であることを伏せたまま、行方《ゆくえ》を知らなければならない。

そのためには、大天使長の権限を使うことができないのは当然だった。

しかし何故《なぜ》、セシリーはこれほど焦《あせ》っているのだろうか。

唯一神の娘がいなくなったのは、確かに重大事だ。大天使長の忠誠が篤《あつ》いのも、理解できる。ただ、その焦《あせ》りの方向に何か違和感を覚えるのだ。

「どうしてヴィオラ様の居所を知る必要があるのです？　それも、早急に」

「行方《ゆくえ》不明になっている者がいれば、探すのが当たり前でしょう」

「それは分かりますが、焦《あせ》ることはないでしょう。この世界に、神を害せるものなどありはしないのですから。ゆっくり探すわけにいかないのは、何か理由が？」

「貴方《あなた》の知るべきことではありません、ティル」

「では私も、知っていることを貴女《あなた》にお話することはできません。セシリー様」

向けられる視線が、冷たく刺すものに変わった。

やはり、セシリーは焦《あせ》っている。少し、悪ふざけが過ぎたかもしれない。

生き残るためにはどうすれば良いかを考えなければならないのに、今一番楽しむには何を言えば良いかと考えている自分がいる。邪念を振り払い、ティルは口を開いた。

「分かりました、セシリー様。ここは一つ別の方法を使いましょう」

「……聞くだけ聞きましょう」

「ボクが、ヴィオラ様をお連れします。そうすればお互いに、話したくないことは話す必要がない。違いますか？」

「ふぅん、なるほど。考えましたね」

セシリーが身を乗り出し、顔が近付く。

吐息《といき》を頬《ほお》に感じるほどの距離になると、老いているとは思えないほどの艶《つや》がある。

「……本当は何も知らないのでしょう？」

「……だとしたら？」

「適当なことを言って、逃げるつもりね」

背筋を冷たい汗が伝うが、顔には出さない。

それでも、凄《すさ》まじいまでの威圧感にたじろぎそうになる。

ここで、死ぬかもしれない。死自体は全く怖くないが、この世界ではまだやり残したことがある。

そう考えると、射竦《いすく》められたように動けなくなった。

「……ま、いいわ。今回は見逃してあげる」

不意に、威圧感から解放される。

思わず椅子《いす》からずり落ちそうになるのを、何とか踏みとどまった。悪戯《いたずら》を愛する者は、常にスマートでなければならない。

「では早速、取りかかります」

「そうね。なるべく早くしてちょうだい。年寄りは少しせっかちなの。さもないと」

「さもないと?」

セシリーは、今日見せた中で一番の笑顔を見せる。

「苦しむのは、貴方《あなた》ではなくてクリスティーナ・フォン・マルクントになりますよ」

×　×　×

防戦の指揮は、クォンが執《と》ることになった。

敵は〈聖堂〉軍である。ただし、今回は数ヶ国の騎士団からなる連合軍で、これまでも何度か小競り合いを繰り返してきたものとは桁《けた》が違う。

副将には、ルクシュナを任命した。今では外交官か調整役のような仕事を割り振られることが多いが、元は〈赤の軍〉の出身である。

総督であるフィルモウが出るべきだという声もあったが、まだできて間もない城市では、戦闘の指揮以外にもしなければならないことが山のようにあった。

そして、〈一日千里《いちじつせんり》〉のフィルモウには、そちらの方に適性がある。

作戦は到って単純だ。

新城市の西で、敵を迎え撃つ。草原地帯と新城市の間にある丘陵《きゅうりょう》地帯が、主戦場になるはずだった。

「しかし、〈聖堂〉も随分と大袈裟《おおげさ》なことで」

「笑い事ではないぞ、ルクシュナ。奴らの目的はこの城市の攻略ではなく、破却《はきゃく》だという噂《うわさ》だからな」

「それはまた鼻息の荒《あら》いことですな」

クォンは、ルクシュナを伴って、陣地の視察に来ていた。

訓練や糧秣《りょうまつ》の支度《したく》についてはフィルモウが全面的に担当しているので、時間が捻出《ねんしゅつ》できたのだ。

丘の上の本陣から西を見下ろすと、草原は緑の海に見える。

〈聖堂〉軍が出撃したという知らせは、随分前に商人たちから知らされていた。

この城市ができて以来、人族の商人は魔界への交易路から大きな利益を上げつつある。〈聖堂〉は怖いが、儲《もう》けも惜《お》しい。そう考える者は少なからずいるようだ。

対する魔軍は、ドラクゥ率いる主力がグランと対峙するために北に張り付いているため、寄せ集めで戦う必要がある。戦力や兵器、食糧はもちろんだが、それだけでは足りない。

入念な下準備が必要になるというのが、クォンの見立てだった。

晩夏《ばんか》にしては、風に涼しさが混じっている。

クォンとルクシュナの立つ丘陵《きゅうりょう》からは防戦用の陣地が一望できるが、作業の進み具合は満足できるものだ。フィルモウの指示で、これまで城市の開発に当たっていた工夫《こうふ》の全てが準備に狩り出されていた。城市の開発は遅れるが、今はそれどころではない。

掘っているのは、塹壕《ざんごう》だ。

以前の戦いで連弩《れんど》と組み合わせることで威力を発揮した塹壕《ざんごう》を、クォンはさらに拡大して使おうとしている。

鹿砦《ろくさい》や逆茂木《さかもぎ》、板塀なども要所では準備が進められていた。

元々ある丘や林を利用して作る陣地は、完全な要害へと変わりつつある。

「壮観じゃありませんか、クォン殿」

「まだまだ。それぞれの壕《ごう》を上手く連結させねばならん。各壕《ごう》からの射程も測っておかねばならんしな」

今回の戦いで主力になるのは、訓練された兵ばかりではない。

周辺の小豪族や、移住して来たばかりの人族、それに農夫や街の民からも義勇兵を幅広く募《つの》っている。彼らに統制された動きは期待できない。

そのため、壕《ごう》の前にあらかじめ印をしておき、敵がその地点を越えたら連弩《れんど》で射撃するという訓練だけを積んでいる。

敵の狙いが都市の破却《はきやく》にあるということは、既にフィルモウの手で近隣にも伝えられていた。土地や店舗の割り振りの決まっている住民にとって、自ら連弩《れんど》を手に取るのに十分な理由となる。

「間に合いますかね」

「間に合ってもらわんと、困る。そう言うルクシュナも何やら動いているようではないか」

「いやいや、大したことはしておりませんって。ただちょっと、食糧の調達を」

籠城《ろうじょう》するための食糧の調達は、当然魔界側でも行われている。だが、ルクシュナは馴染《なじ》みになった商人たちを通じて、人界側からも大規模に買い付けを行《おこな》った。

〈聖堂〉軍が巨大であればあるほど、食糧の調達は困難になるにちがいない。

打てる限りの手は打つ。

そういう限界の戦いのはずだが、あまり兵たちが暗くなっていないのは、守将と副将がこの組み合わせだからだろう。

「戦士の一族も全面的に協力してくれる手筈《てはず》になっていますし、ゴナンからの援軍もあります。騎兵についてはまぁ、お任せを」

「ゴナンか。ゴナンと言えば、例のアレは使えそうか」

「エリィナ殿が色々弄《いじ》っているようですが、敵の主力が来る本番までには何とかなるんではありませんかね。少し見に行きますか」

丘の上の本陣に設《しつら》えられた急造の小屋には、戦場にはあまり似つかわしくない一団が居座っている。邪神官と、ゴナンだ。

各々《おのおの》が細い銅の糸を持って、何かを帳面に書きつけている。

「あっ、これはクォン将軍」と中にいた邪神官の一人が顔を上げる。

グレートピレネー氏族のコボルトだ。コボルトにしては身体が大きい。組んでいるゴナンとさして変わらない身長に見える。

「皆、そのままで」とクォンが声を掛けると、皆が上げかけた顔を手元に戻す。

誰もが憔悴《しょうすい》しきっているのは、この小屋での作業が夜を徹して行われているからだろう。

「どうなのだ、〝電信〟の準備の方は」

先程のコボルトに尋《たず》ねると、力強い頷《うなず》きが返ってくる。

「仕組みとしては、ほぼ完成しました。敷設の方も、岩蜘蛛《マインスパイダー》からの銅線が届き次第進めておりますので、おそらく一両日中には第一段階が完了するものと考えられます」

「問題は通信の内容か」

「ええ、それについては若干《じゃっかん》、難航している部分がありまして」

クォンに手渡されたのは一枚の湵皮紙《とくひし》だった。紙はまだ隅々にまで行き渡るほど生産されているわけではない。価格は湵皮紙《とくひし》の方が高いのだが、流通量は紙の方が少ないという逆転現象が起きている。

「……なに？　〝四本脚の柔《やわ》らかい騎獣〟？」

「それが〝馬〟ですね。〝連弩《れんど》〟は〝天を射る細い杭《くい》〟となります」

コボルトが涜皮紙《とくひし》を覗《のぞ》き込みながら、一つ一つの行を指差した。天というのも、本来は〝巣の外の上方に広がる空間〟となるようだ。

点と棒、見慣れない単語、そして最後に見知った言葉が並んでいる。その三つで一つの括《くく》りになるようだった。

「総神官長のエリィナ様の発案で、〈いと堅き言語《ゴナニリフ》〉をこの〝電信〟に使うことまでは決まったのですが、何せゴナニリフの語彙《ごい》はゴナンの一般労役民の使う言葉でして……」

「つまり、戦場で使う言葉がそもそもゴナニリフにはないっていうことか？」

「ルクシュナ将軍の仰《おつしや》る通りです」

「それで慌《あわ》てて辞書を編纂《へんさん》しているということか」とクォンが顎《あご》を撫《な》でる。

異言語を修得する労苦は身に染《し》みているクォンにしてみれば、これはとんでもない労力だということは理解できる。何か他の方法が思いつきそうな気はしたが、一度進みはじめた計画を途中で変更するには、さらに大きな労力が必要になる。

不眠不休で作業に当たっている邪神官たちの心が折れないかということも心配だ。

辞書は必要そうな語彙《ごい》から作られはじめ、纏《まと》められていた。

今の方法では、電信の端と端に〈雷撃〉の魔法を使える邪神官が要ることになるので、彼らに重点的な教育を施すことになる。

将来的には電信を担当する邪神官と、翻訳《ほんやく》を担当する者を分けた方が良いのではないかとクォンは思ったが、今の状況では難しいということも理解していた。

文字を読める者がまず、少ないのだ。リザードマンの官吏《かんり》が増えつつあるが、それでも大魔王領全域でいえば文官の数は恐ろしいほどに払底《ふってい》している。

「これだけ広大な陣地を支えなければならん。そのためにこの電信は必要になる。新城市が守り切れるかどうかは、この新技術に掛かっていると信じている。皆の努力に感謝したい」

「クォン将軍もこう仰《おつしや》っている。後で特別に酒……は拙《まず》いな、甘いものでも届けるように手配しよう。ゴナンの皆さんにも何か持ってこさせる」

ルクシュナの言葉に、邪神官とゴナンから静かな歓声が漏れた。

こういうことをさせると、ルクシュナという将軍は本当によく気が利く。

小屋を出たときには、既に夕刻が迫っていた。

工員たちが列をなして新城市へと帰っていく。また翌朝、歩いてここまでやってくるのだ。リザードマンの俥《くるま》を馬に牽《ひ》かせるように改造した〝馬車〟も何輌か導入しているが、まだ庶民の足というわけにはいかない。

「妙な戦争です」と真面目《まじめ》くさった顔でルクシュナが呟《つぶや》く。

「妙な戦争、かな」

「ええ。俺の知っている戦争は、兵と兵がぶつかり合うものです。民草《たみくさ》が穴を掘って戦う戦争じゃない」

「言いたいことは、分からなくはないな」

今の姿からは想像しにくいが、ルクシュナは〈赤の軍〉でも優秀な騎士だった。

渡河者《とかしゃ》として冒険商人の真似事《まねごと》をして生きてきたクォンとは、違った視線で戦争というものを見ている。あるいは、フィルモウとも違っているかもしれない。

〈赤の軍〉は近衛《このえ》であり、王族の盾《たて》だ。

尊い方々や、民草《たみくさ》を守るために槍《やり》を振るう。守るべきものが後ろにいるという戦いをしてきたのだろう。

それが今回は、違う。主君である大魔王ドラクゥとも離れ、民とともに戦う。

そういう変化に、思うところがあるのだろう。

「クォン将軍は、実のところどうお考えですか。民自身が、武器を持つことを」

「そのことをあまり特別だと思ったことはないな。儂《わし》の見てきた戦場では、いつも民は武器を持っていたような気がする」

「そういうときの敵は、匪賊《ひぞく》や何かでしょう。今度の敵は違う。〈聖堂〉軍は、この城市を叩《たた》き潰《つぶ》しに来るんですから」

「それほど違うものかな」

敵が匪賊《ひぞく》にせよ〈聖堂〉軍にせよ、民にとっては、自分たちを否定し、生活を破壊するものだ。それを守るのに統治者の実力が不十分なら、武器をとる。それだけのことだ。

今回の戦いが匪賊《ひぞく》との戦いと違うとすれば、上の者が最初から民の力を当てにして、戦略に組み込んでいるということだ。

その違いは、言われてみれば大きなものかもしれない。

「この戦いに勝って、民は何か得られるんでしょうかね」

「ルクシュナはもう戦後のことを考えているのか」

「今回の戦いは決戦じゃありません。耐えれば、勝ちです」

今の季節は、晩夏《ばんか》。

騎士を中心とした〈聖堂〉軍とはいえ、歩兵や輸卒《ゆそつ》は農民からなっている。

彼らは、秋になれば自分の農地から借り入れをしなければならない。それは地方領主である騎士たちも同じことだ。秋の収穫の多寡《たか》が翌年の生活を全て決定する。

そうなると、戦いの時期は限られるはずだ。

どれほどの戦力を陣地の前に並べても、里心がついてしまえば攻撃は続けられない。

苦しい戦いになるはずだが、同時に勝った後のことを考える責任も、統《す》べる側にはあるだろう。

負けた後のことについては、心配するだけ無駄かもしれなかったが。

「新城市の統治について、何かしらの発言権を与えるというのはどうかな」

「発言権？」

「税をどれくらいにするか、どう使うかの責任を、一部だけでもな」

「面白い試みだとは思いますが、フィルモウ総督が何と仰《おっしゃ》いますやら」

「あの総督は、意外と新しい物好きだからな。案外すんなりと頷《うなず》くかもしれんよ」

草原の彼方《かなた》にゆっくりと日が沈んでいく。

何処《どこ》かから、秋虫の声が聞こえはじめる。幕舎に戻るまで、クォンとルクシュナは来る《きた》る戦いについて色々な策を出し合った。

×　×　×

地を覆う黒いうねりのように見えた。

〈聖堂〉軍の主力である。草原を埋《う》め尽くす人の波が、視界の隅まで広がっていた。

騎兵中心という触れ込みだったが、歩兵も多い。

目が良いと評判の妖鳥属の若い将校が旗竿《はたざお》の数を読もうとしたが、一〇〇〇を超えたところで諦《あきら》めたというから、大した数だ。

進軍の足音で、大地が揺れているように感じる。

錯覚《さっかく》と分かっていながら、クォンは少しだけ天を仰《あお》いだ。初秋の空は高く、陽の光はいつもと変わらず地を照らしている。

敵は、賑《にぎ》やかな軍隊だった。

勝利を確信しているのか、気が緩《ゆる》んでいるのがこの距離からでも分かる。歌や音曲も、風に乗って聞こえてきた。

今までにあまり見たことのない種類の軍隊だ。

「多いな」

「ええ、実際に目にすると、嫌になる数です」

隣に立つルクシュナは、既に騎兵の軍装に身を固めていた。まるで百年も前から騎兵をしていたかのような出で立ちは、普段の親しみやすい振る舞いからは想像できない。

〈戦士の一族〉とゴナンの混成騎兵隊の指揮に向かう前に、本陣に顔を見せに来たのだ。

「先陣はアルディナ王国の鶺鴒《せきれい》騎士団か」

「予想外と言えば予想外ですね。先鋒《せんぽう》には一番近隣の軍が就《つ》くと思っておりましたが」

「そこは政治だろうな、ルクシュナ。アルディナは例の〈白の学派〉の本拠地があったところでもある」

「ああ、そういうことですか」

〈白の学派〉の錬金術師を引き渡せ、という軍使は既に三度寄越されている。

今回の大遠征の目的がまさか数人の錬金術師だとは思わないが、アルディナ王国にとっては重要なことなのかもしれない。

最後の軍使は、大人しく身柄《みがら》を渡せば攻撃に手心を加えるとまで言ってきたのだから、よほどのことだろう。

総督であるフィルモウは回答を先送りにし続けていた。人界の言葉を理解しているのに不案内な振りをしたり、態度を急変させたりと、なかなかの役者ぶりである。

ただ、クォンとルクシュナは人界側の動きを一種の欺瞞《ぎまん》だと考えていた。

錬金術師の持つ技術は確かに珍しいものばかりだが、そのために軍を発して城市を一つ焼くという種類のものとは思えない。

あちらの〈聖堂〉が如何《いか》に狂信的とはいえ、何らかの裏があると考えた方が良いというのが、守将と副将の一致した意見だった。

「引き渡すかどうか、フィルモウ総督は決めたんですか？」

「最初から引き渡すつもりは欠片《かけら》もなかったようだな。フィルモウらしいと言えばフィルモウらしい」

「時間稼《かせ》ぎですか、なるほど」

「粘《ねば》れば粘《ねば》るほど、こちらが有利になる……はずだったのだがな」

秋も深まれば、収穫のために敵は退かざるを得ない。

それがクォンの基本的な戦略だった。だが、攻撃開始前に初秋が訪れているというのに、敵が浮足立つ様子はまるでない。そのことがクォンとルクシュナを密《ひそ》かに焦《あせ》らせていた。

「〈聖堂〉の教会や修道院が、倉を残らず開放したようです。金持ち連中からの寄附《きふ》も大した額のようですよ。豪気なことです」

「当面の食糧のことは、分からなくもない。だが、収穫はどうする」

「どうでしょう。奴《やっこ》さん、こちらのことを嘗《な》めてかかっているのかも」

「まさか。数の上ではこちらの方が多いというのに」

「しかし、農民や町民ですよ」

ルクシュナの指摘に、クォンは低く唸《うな》った。

鎧袖一触《がいしゅういっしょく》でこちらを粉砕《ふんさい》できると考えているのなら、相手の動きも分からなくはない。穴に籠《こも》った民草《たみくさ》の軍など、騎兵で踏み潰《つぶ》してしまえば良いという考えなのだろうか。

〈聖堂〉の不思議な戒律《かいりつ》に、軍馬の不所持がある。

届け出を出して〈聖堂〉に認可を受けた者しか軍馬を保有することができないというものだ。人界を旅していた頃のクォンは、それを単なる身分制度の維持のためと考えていた。

だが今にして思えば、騎兵を有する〈聖堂〉軍がいざというときに民の軍を簡単に粉砕《ふんさい》できるようにするためだったのかもしれない。

「しかし、塹壕《ざんごう》戦術は元々〈聖堂〉のものだからな」

「ええ、相手も手は打ってくるでしょう。ただ、本当に敵手と認めているのなら、塹壕《ざんごう》を攻めるのに適した部隊を連れてくるはずです」

「騎兵が多いのは嘗《な》められている証拠、か」

「人界と魔界が南方で争わなくなって随分になります。相手にとっても久方ぶりの戦争で気合が乗っているんでしょう」

「嘗《な》められるというのは、気分の良いものではないな」

「目に物見せてやる、という具合に行けば良いんですが」

敵の先鋒《せんぽう》が、動きはじめた。

その様子を見て、ルクシュナが動く。騎兵の指揮に向かうのだ。と言っても、すぐに出るわけではない。控置《こうち》しておき、いざというときに備えるのだ。

敵の動きは、速い。

無人の野を行くが如《ごと》しという動きで、一気に陣地との距離を詰めてくる。

脇に控《ひか》えた邪神官が何か言いたげに動くが、クォンはそれを手で制した。

既に命令は伝達している。今さら何か伝えるべきことはない。

じりじりと迫る敵に、本陣からやれることは何もないのだ。

陣地の前には浅い空壕《からぼり》が掘られている。

そこに、敵の一番槍《やり》の騎兵が突入した。

中ほどまで進んだ瞬間、それまで沈黙を保っていた陣地から、無数の矢が吐《は》き出される。

連弩《れんど》だ。

「よしっ」

撃っているのは、ただの工員や町民、それに農民である。

狙いの付け方も分からない彼らは、〝敵が空壕《からぼり》に足を踏み入れたら連弩《れんど》を撃つ〟ことだけを訓練していた。その成果が、今発揮される。

針土竜《はりもぐら》のようになった騎兵が倒れ伏すが、行き足の付いた騎兵は急に進行方向を変えられるものではない。

後続はむしろ拍車《はくしゃ》を掛けて勢いを増した状態で、空壕《からぼり》に突入する。

そこにまた、連弩《れんど》。結果は、一騎目と同じ有りさまだ。

後方に控《ひか》える敵陣が、急に慌《あわただ》しくなる。

斥候《せっこう》が飛び出していく。今さらながらに迂回路《うかいろ》を探しはじめたわけでもないのだろうが、何かしなければと焦《あせ》っている様子が手に取るように分かる。

何騎かの騎兵が戦野を近付いてくる。連弩《れんど》の射程を測っているのだろう。

クォンは電信係の邪神官に、空壕《からぼり》に近付くまで撃つなと伝達させた。

辞書はできたが、あまり難しい言葉では正確に伝わらない恐れがある。クォンはなるべく平易な言葉を選んで使うようにしていた。

連弩《れんど》の本当の射程は空壕《からぼり》よりも遠くまで届く。ただ、そのことは敵に伏せておきたかった。

敵の陣全体が、じわりと前進する。

歩兵が持っているのは、巻き藁《わら》や木盾《きたて》のようだ。

騎兵も迂回路《うかいろ》を探しているだろう。敵陣を覆っていた散漫《さんまん》さや油断の空気は、いつのまにか消え失せていた。

「楽はさせてくれそうにないな、全く」

クォンは連弩《れんど》を構え直し、壕《ごう》から飛び出す。相手の支度が整う前にこちらから仕掛けるのだ。戦いはすぐに乱戦になり、暗くなるまで続いた。

×　×　×

夜の帳《とばり》が下りた戦場に、赤々と火が灯っていた。

邪神である俺の眼下には、クォン軍が夜襲に備えて焚《た》いている篝火《かがりび》が見える。だが、それ以上に空壕《からぼり》の前で燃えている炎の方が多い。

〈聖堂〉軍は、単純な力攻めで壕《ごう》が越えられないと分かると、大量の巻き藁《わら》でそれを埋《う》めようとした。埋《う》めた上を、身体を隠すほどの木盾《きたて》を持った歩兵が渡る。そういう戦術を試したらしい。

対するクォンは、それに火矢で応じた。

あらかじめ考えていたのだろう。各々《おのおの》の壕《ごう》には油の蓄《たくわ》えがあり、それを連弩《れんど》ではなく弓で射る。

これぱかりは、義勇兵として参集している町民や工員の手には負えず、豪族や元から軍役に就《つ》いていた兵たちが担当した。

乾燥した巻き藁《わら》は、よく燃える。

歩兵たちの攻撃は夕刻を待たずに打ち切られたが、その名残《なごり》の火は今もまだ夜の平原を煌々《こうこう》と照らし続けていた。

「もう来ないみたいね」

戦場の上空、俺の隣で槍斧《ハルバード》を構える慶永さんが呟《つぶや》く。

鉢巻《はちまき》を締めて気合十分の彼女は、両手に一本ずつの槍斧《やりおの》を装備している。これも奇蹟のなせる技だ。

もう来ない、と言っているのは、敵の天使のことだった。

戦場の上空には一〇〇を超える天使が集結しているのが見える。昼間はうるさいくらいにちょっかいを掛けてきたが、今はこちらに襲い掛かってくる様子はない。

「加護は掛けているみたいですけど」

「夜は加護にだけ集中しているってことなのかな？」

「かもしれませんね。クォンたちの夜襲を警戒しているのかも」

唯一神の配下となった神々は天使と呼ばれ、〈聖堂〉の信者に加護を授けることになる。加護というのは要するに奇蹟のことだ。

授けられた者は、超常の力を発揮する英雄として戦場やその他の場所で活躍し、それを見た信者がまた〈聖堂〉への信仰を篤《あつ》くするという仕組みになっていた。

昼間の戦闘でも、加護を受けた騎兵がたった一騎で空壕《からぼり》を飛び越え、塹壕《ざんごう》に躍《おど》り込んでくるという場面があった。その攻撃で、連弩《れんど》を持った町民や控《ひか》えていた槍兵《やりへい》たちにも、少なくない被害が出ている。

地上のクォンたちの被害を減らすためにも、天使を退けたいという気持ちはある。

今回の天使たちは、こちらの排除にそれほど熱心ではないらしく、昼間の攻撃もどちらかといえば加護を邪魔されないようにするといった風に見えた。

問題は、戦力に差があり過ぎることだ。こちらは俺と慶永さんと、〈左〉のエドワードのたった三柱しかいない。一対一では圧倒的な強さを誇る慶永さんとエドワードの二柱だが、さすがに数に開きがあり過ぎる。

昼間の敵の攻撃を何とかやり過ごせたのも、敵が全く本気でなかったからに過ぎない。

そうかと言って、天使たちに対して何の手も打たないと、いずれ地上はジリ貧になるかもしれない。加護や奇蹟というのは、それだけの力を秘めている。

逆に言えば、天使さえどうにかすることができれば、新城市の軍は秋の収穫まで粘《ねば》り切れる可能性が高まるはずだ。

今回の戦いは、勝つ必要はない。時間まで守り切ることで勝利となる。

「で、どうするヒラボン？　私は元々人族の神だったし、〈聖堂〉軍みたいに加護の真似事《まねごと》をすることもできるけど」

「ボクもちょっとくらいならできると思います。魔族には加護はできないみたいですけど、人族にならば」とエドワード。

それも一つの手ではある、とは考えていた。

相手がサッカーではなくラグビーだと言うのなら、こちらだけお行儀《ぎょうぎ》よく足だけで勝負する必要はない。ただ、それをしないのにも理由がある。

こちらが地上のクォンたちに加護を与えれば、敵も直接こちらの妨害《ぼうがい》をしてくるかもしれないというのが一つ。たった三柱の戦力でどこまで耐え切れるかという問題だ。

俺たちがここにいることで、敵に対しては『何をするか分からない』という抑止力になっている。敵の天使との本気の殴《なぐ》り合いになってこちらが戦闘不能になれば、敵も遠慮なく全面的に介入してくる可能性がある。

もう一つは、上手い使い方がないということだ。

クォンの採用した戦術は、英雄を必要としない。主力はあくまでも武装した民衆であり、その戦力の不足を、塹壕《ざんごう》、連弩《れんど》、そして電信で補っている。

ここに少々の加護を与えても、全体の戦力が飛躍的に向上することはない。

たった一人の人族の射手が連弩《れんど》を必中させられるようになっても、全体としてはほとんど意味がないのだ。

「いや、止《や》めておこう。今のこの戦いを見る限り、クォンの陣営の誰かに加護を授けてもそれほど意味はない。それに……」

「自分たちの力でやろうとしている、って言いたいんでしょ」

「ああ、うん。慶永さんが今言った通りのことを言おうとしてた」

魔族は邪神に現世利益を願う。来世での平穏を願う〈聖堂〉とは違う。

その魔族たちが、直接俺やエドワードに頼める位置にいるにも拘《かかわ》らず、そうしなかったのだ。そこを邪神の側からあえて助けに入るのは、どうにも違う気がする。

クォンは老獪《ろうかい》な将軍だ。副将のルクシュナも、ただの武官とは違う方向から物事を見ている。それを後ろで支えるフィルモウも、戦後のことを考えている気配はあった。

彼らの思い描いている戦後を実現するためにも、勝たねばならない。いや、守り切らねばならない。

「加護を掛けないなら、直接戦うってこと？」

エドワードが小刻みにシャドーして見せる。

意気は分かるが、さすがにこの数ではやはり無謀だ。

「行くべきか行かざるべきか」

「ヒラボン、そんな悠長《ゆうちょう》なことも言っていられなくなったみたいだよ」

慶永さんの指差す方を見ると、敵の編隊がこちらに向かって急接近しているところだった。数は、これまでよりも多い。二〇はいるだろうか。

三々五々とやってきたさっきまでとは、明らかに違う。

「いよいよこっちの排除に乗り出してきたかな。慶永さん、エドワード、準備はいい？」

「もちろん。ヒラボンこそ、さっさとやられないでよね」

「そうですよ。また復活させられるとは限らないんですからね。ボクの方はいつでも大丈夫です」

「よし、各自危なくなったら逃げること」

「分かってるって」

「ヒラノさんこそ、無理せず逃げてくださいね」

近付いてくる敵が速度を増した。

ゴマ粒ほどの大きさにしか見えなかった敵の姿が、段々とはっきりしてくる。

やはり、多い。俺は〈雷撃〉を使うために意識を集中しはじめた。そのとき——

「ヒラノさん、後ろからも！」

エドワードの声に振り向くと、確かに後ろからも何かが近付いてくる。近い。

挟撃《きょうげき》。最悪の事態が脳裏を過《よぎ》る。今からここを離脱できるか。それも、慶永さんを守りつつ。

考えている内にも、距離は縮まる。

駄目だ、間に合わない。もう、戦うしかない。

そう思ったとき、後ろから迫ってくる集団の中に見知った顔を見つけた。

「ギレノール！　それにリルフィスも！」

〈風の神〉リルフィス、そしてエルフの神ギレノールもいる。

二柱の他は見知らぬ神々だが、皆手に手に武器を携えていた。

「久しぶりだな、ヒラノ！　まだアガってなかったか」

「リルフィスさん！」

「〝神界〟で燻《くすぶ》ってる非主流派の連中を連れてきた。戦闘が得意な奴らばかりじゃないが、何かの足しにはなるだろう」

「ありがとうございます、助かります！」

背中をバシバシと叩《たた》いてくるリルフィスとは対照的に、ギレノールはいつも通りの澄《す》ました表情だ。

「ギレノールもありがとう。来てくれるなんて」

「ヒラノ、エルフというのはな、危機には必ず駆けつけるものなんだよ」

×　×　×

フィルモウが邪神殿にやってきた。

激務に追われ寝食も惜《お》しんでいるはずの総督が夜に大邪神殿を訪《おとな》うなど、ほとんどないことだ。

それも、供回りを連れていない。

いくら新城市の治安が保たれているとはいえ、今は戦時だ。不用心の誹《そし》りは免《まぬが》れない。

総督の訪問であれば、会わないというわけにはいかない。

エリィナはやりかけていた仕事の後始末を秘書たちに任せ、邪神殿奥の応接室にフィルモウを招いた。貴人用に誂《あつら》えた応接室だ。この部屋を使うことは珍しい。

酒と、ちょっとした肴《さかな》も用意させた。

自分用には、白湯《さゆ》だ。この時間に総督が自ら訪ねてくる。ただの表敬訪問であるはずがない。何か議論になったとき、間を持たせるためにもこれらの小道具が必要になる。

そう考えての支度《したく》だ。

「総邪神官長殿は随分とお疲れのようだな」

会見自体は和《なご》やかな雰囲気《ふんいき》で始まった。

新城市の建設を進めながらの戦争中である。自然と話題は戦いの方へ流れていく。

輜重《しちょう》の輸送から兵員の補充《ほじゅう》、その他一切の後方任務を引き受けているフィルモウの話題はさすがに豊富で、エリィナを飽《あ》きさせる間もなく話が進む。

「それで、クォンは全く新しい方式で電信を使うべきだ、と提言している。これはもちろん、この戦いが終わった後でのことだが」

「と言いますと?」

「我々の使っている文字は、三十一文字ある。これを短音と長音の組み合わせで表せるようにするべきだ、とな」

「つまり、〈いと堅き言語《ゴナニリフ》〉を経由せずに電信を使うということですか」

「そういうことになる。技術的なことは私には分からないが、総邪神官長殿にも伝えておいてくれということだったのでな」

クォンの案は、一考の余地がある。

確かにその方式の方が、電信担当の邪神官の訓練期間も短縮できる上、間違いも減るだろう。ゴナニリフを使う方式では、どうしても語彙《ごい》が難解になりがちで、伝え間違いが発生する。クォンやルクシュナは、今はそれを運用方法で克服しているようだが、電信の真価を発揮するためには方法を改める必要があった。

誰が使っても同じように効果を発揮しなければ、それは技術として未完成なのだ。

頭の中にある予定表の上位に、この技術的な問題の検討をすることを書き加える。

しなければならないことは山のようにあった。

この戦時だというのに、〈法皇《ほうおう》〉リホルカンは冥王《めいおう》領まで出頭しろという書簡まで送ってくる始末だ。優先順位を付けることさえ、困難になってきている。

既に温《ぬる》くなってしまった白湯《さゆ》の碗《わん》を弄《もてあそ》びながら、フィルモウの次の話題を待った。

まさか世間話をするためだけに、この夜中に大邪神殿を訪れるとは思えない。

先程から、肴《さかな》には手を付けるが酒盃《しゅはい》には申し訳程度しか口を付けていないのも、それを裏付けているようだった。

「……総邪神官長殿」

「なんでしょうか」

フィルモウの口は、これまでの滑《なめ》らかさも何処《どこ》へやら、重々しく、それでいてどこか不安げだ。探り探り、言葉を選んで繋げているように思える。

一度瞑目《めいもく》してから、フィルモウはゆっくりと口を開いた。

「総邪神官長殿は、何を隠しているのだろうか」

「隠している、と言いますと？」

「つまり、何か重大な企てを。政庁にも、クォンにも、あるいは主上にも内密に進めているのではないだろうか」

そこで、フィルモウは言葉を切った。視線は手元の酒盃《しゅはい》に注がれている。

何かを尋《たず》ねているというより、既に何かを掴《つか》んでいる官吏《かんり》が、犯罪者の自供《じきょう》を待っているかのような口調だ。

「仰《おっしゃ》っていることの意味が、分かりかねます」

「お互いに時間のない身だ。率直に話そう」

「しかし」

「ここには誰もいない。私の腹に収めるべきところは、収めよう」

エリィナは、碗《わん》の中身を啜《すす》った。味のないはずの白湯《さゆ》が、酷《ひど》く苦く思える。

「貴女《あなた》が口外したくないという気持ちは分かる。罪を、墓まで背負っていこうと考えていることも。ただ、今していることの目的について問い質《ただ》したい。それと、方法についても」

「全て、知っているということですか」

「私が知っていることはあまり多くはないが、おぼろげながら見当は付いている。総邪神官長殿、貴女《あなた》は何故《なぜ》、製紙技術者をわざわざ敵の捕虜《ほりょ》にさせようとしているのだ？」

知られていた。

これだけは、伏せておくはずだったというのに。取り落としそうになる碗《わん》をそっと卓に置き、エリィナはその水面を見つめた。

「総督殿は、邪神ヒラノ様が消滅しかかったことはご存知ですね？」

「ああ、邪神が消滅するなどにわかには信じられなかったが……よくよく聞いてみれば思い当たる節はある。古くから信じられている邪神でも、ある日ぷっつりとご利益がなくなるということがあった、という記録は読んだことがある」

「原因は、徳《カルマ》というものでした」

「徳《カルマ》については、少し説明を受けたな。民草《たみくさ》の信仰が邪神の力になる」

麾下《きか》の邪神殿には、そう説明するようにという通達を出していた。無用な混乱を招きかねないからだ。

「真実は、異なっています。魔族の信仰は、邪神の力にならない」

「何だと？」

「理由は分かりません。トロルもオーガも妖鳥もゴブリンもコボルトも、その信仰は邪神に資することはないのです。ただ、人族やエルフ族の信仰だけが、邪神や神に徳《カルマ》を与えることができる、と」

「ふぅむ」

顎《あご》を撫《な》でながら、フィルモウが思案顔になる。突然のことに理解が追い付かないのだろう。無理もない。エリィナでさえ、まだ消化し切れていないのだ。

ただ、フィルモウという魔王は、エリィナの考えているよりも実際的な男だった。

「理屈はさて置こう。そういう宗教問答は邪神官に任せる。つまり、邪神ヒラノ様に徳《カルマ》を蓄《たくわ》えていただくためには、人族にヒラノ様を信じてもらわなければならないということだな」

「はい、〈戦士の一族〉の一部や、この城市に移住してきた者たちには、既にヒラノ様に帰依《きえ》している者がおります。それによってヒラノ様は、徳《カルマ》も得られているようです」

「なるほど。総邪神官殿はそれでは不足だ、と考えているわけだな」

「はい」

自分の信じる邪神、そして義兄であるドラクゥの信じる邪神であるヒラノには、もっと徳《カルマ》を高めてもらいたい。それは一信者としての純粋な気持ちでもあったし、一度は彼を消滅寸前に追い込んだ者としての罪滅ぼしの意味もあった。

「部下からの報告で、既に邪神殿から人界に布教に向かった者がいるという話は聞いている。そしてそれが、あまり効果を生んでいないということも」

「ええ。ですから、方法を根本的に改める必要があるのです」

「それが、製紙職人か」

「そういうことです」

捕虜《ほりょ》として人界に連れ帰られた製紙職人は、密命を帯びている。

〈発明と技術の神〉としてのヒラノ信仰を広めることだ。〈聖堂〉に咎《とが》められたときは、製紙職人の信じる天使だと答えるように教えていた。

紙は、人界でも必ず普及する。その流行とともに、ヒラノ信仰を広めようという考えだ。

「他の技術者も送るつもりか」

「それはまだ。製紙職人の様子を見ます」

「最初に製紙職人を選んだ理由は？　あれは重要な戦略資源になり得る」

「戦略資源になり得るからこそ、です。現在大魔王領では二つの製紙工場が稼働していますが、短期的に増やせるのは五つが限度です。それでは紙の量は圧倒的に、足りない」

「……まさか」

「はい。人界で紙を作らせ、こちらで買い取ります」

こちらの生産力が足りないのなら、相手に作らせてしまえば良い。

そこまで考え抜いての策だった。そういう流れが起こせるほど、魔界と人界の物流は線が太くなりつつある。

フィルモウがぴしゃりと自分の額を叩《たた》いた。

「驚いたな。全く、大したものだ。しかし、製紙職人はどうやって選んだ」

「人族の信者から、志願を募《つの》りました」

「志願。命の危険もある」

「人族にも、熱心な信者はおります」

「なるほどな」

そのことは、エリィナの心にもずっとしこりが残っている。

志願を募《つの》ったと言いながら、その実、志願を強制したのではないか。

断る道筋をいくつも用意していたとはいえ、それは本当に逃げ道として受け取られるようなものであったのか。

しかし、計画は既に動き出している。一度始めてしまったからには、志願してくれた製紙職人たちのためにも、必ず成功させなければならない。

「人界でのヒラノ様への信仰が深まれば、我々に利益はあるのだろうか」

「利益、ですか」

「邪神を信じるということは、ご利益を授かるということだ。ヒラノ様は、我々にさらなる利益をもたらしてくれるのだろうか」

「それは……必ず」

計画は何としても続行する。それには、フィルモウにも共犯者になってもらう必要がある。ご利益についてはまだ何も考えていなかったが、これについてはおいおい考えることにした。今必要なのは、フィルモウからの黙認、あるいはもう少し積極的な協力だった。

「総邪神官長殿がそう仰《おっしゃ》るのなら、このフィルモウに異論はない。計画については、内密に進めなければならないだろうが、私にできることがあれば何でも協力しよう」

「ありがとうございます」

最後に握手をして、フィルモウは夜の政庁に戻っていった。

まだ決裁しなければならない書類が残っているという。それはエリィナも同じことだった。もう冷めて水になってしまった碗《わん》の中身を干す。

慢性的な疲労のせいで、意識は粘《ねば》つく泥の中を泳いでいるようだ。

一瞬だけ、息継ぎのように意識が水面に浮上する。この疲れで、何か誤った判断を下《くだ》していないだろうか、ということが気に掛かった。

だが、それもほんの僅《わず》かな間のことだ。

仕事はまだ、山のように残っている。遠くで、雷の音がした。

クォンたちも戦っているが、邪神の方々もまた、戦っている。

そう思うと、邪神官としての仕事に励《はげ》まねばという気が、どこからともなく湧《わ》いてきた。

第五章　雷ノ如シ

外套《がいとう》の襟《えり》を掻《か》き合わせた。

初秋とはいえ、草原では払暁《ふつぎょう》前にはっとするほど寒くなることがある。

気の利いた従者が、本陣の火鉢に火を熾《おこ》した。これで少しだけ、過ごしやすくなる。

視線の遥《はる》か先に、〈赤の軍〉が野営をしている火が見えた。師であるグランも、この寒さに耐えているのだろう。そう思うと、ドラクゥの胸に言い表せないものが去来する。

かつてあれだけ多くのことを教えてくれた師が、敵になった。

事情があったということは、ダークエルフの調べで分かっている。グラン・デュ・メーメルを縛《しば》る策略を、〈北の覇王〉は隠そうとすらしていない。

三族誅滅《ちゅうめつ》。

古い刑罰だ。元は九族誅滅《ちゅうめつ》であったものが、時代とともに六族になり、三族になった。

咎《とが》のあった者の三親等以内の者を、血族姻族《いんぞく》の別なく鏖殺《おうさつ》するという大時代的な処罰は、今の時代にはそぐわないとドラクゥは考えている。

まして、その刑罰を盾《たて》に誰かの行動を自由に操ろうなどということは、上に立つ者のすべきことではない。

だが、そういう風にして始まったのに、師はこの戦いを楽しんでいる。

互いの知恵を限界まで引き出して、戦う。そういう戦棋《せんき》じみた戦いが、パザンの北では続いている。ドラクゥでさえ、古い書物の中でしか見たことのないような戦術を、グランは余すところなく繰り出してくるのだ。

損害は無視できないところまで来ていた。薄皮を剥《は》がすように、歩兵が削《けず》り取られていく。

相手は〈赤の軍〉だ。油断をすれば、一回の攻撃を受けただけでも再起不能に陥《おちい》りかねない。

ただ、敵にも疲労は溜《た》まりつつある。騎兵を長期間全力で戦えるようにしておくことは難しい。馬は辛抱《しんぼう》強い生き物だが、兵士ほどではないのだ。

いや、敵の兵も疲れているのかもしれない。ダークエルフのシュノンの報《しら》せでは、グラン・デュ・メーメルは毎晩、〈赤の軍〉の兵たちと膝《ひざ》を詰めて話し込んでいるという。一組一組の数が少ないので、ダークエルフといえども紛《まぎ》れ込むことは難しいらしい。

何を話しているのかは分からないが、毎夜毎夜何組もの兵と話をする底抜けの体力には、老いが全く感じられない。

全身全霊を懸けた戦いの中で、ドラクゥの方もこれまで試したことのない戦術を試してみたりもする。師との対陣は、肉体よりも精神に疲労が溜《た》まるものになりつつあった。

「主上、南の戦いは膠着《こうちゃく》しておるようです」

本陣に入って来たのは、ロ・ドゥルガンだった。

元々傭兵《ようへい》生活が長かっただけあって、歩兵の扱いでは思わぬ巧妙さを見せる。

その腕を買って、ドラクゥはこのゴブリンジェネラルの猛将に、遊撃隊を任せていた。パザンとこの本陣の間を自由に動き回り、〈赤の軍〉による連絡線の遮断を防ぐ狙いだ。

「膠着《こうちゃく》か。圧《お》し込まれているわけではないのだな」

「はい。事前の準備が良かったのでしょう。人界側は塹壕《ざんごう》を攻めあぐねておるようです」

「元々は相手の戦術だというのにな」

「だからこそでしょう。騎兵を使って迂回《うかい》突破すれば、孤立する塹壕《ざんごう》は脆《もろ》い。そんなことは子供にだって分かる道理です」

「それを、クォンは何とかしたということだな」

「戦場の絵図面を見せてもらいましたが……あれだけの範囲を塹壕《ざんごう》で囲んで相互に連結させておけば、後方に回り込むのは至難でしょう。丘や林も上手く使っています」

新しい戦術、というわけだ。

それも小手先のものではなく、考え方自体が違う。兵と兵がぶつかり合う戦場で、それだけ長大な塹壕《ざんごう》を掘るということは、これまでの戦いでは考えられなかった。

特殊な条件が重なって初めてできたことだが、それでも、着眼点の新しさは賞讃されるべきだ。

「それと、電信だな。あれがないと、広い塹壕《ざんごう》の全てに指示を出すことは不可能だ」

「ええ、あれは大層便利なシロモノです。ああいうものが戦場にあると、色々とできることの幅が広がります」

「だが、塹壕《ざんごう》のような固定した陣地でしか使えないのではないか？」

「それもまた工夫でしょう。何にしても笛《ふえ》や太鼓《たいこ》や鉦《かね》、喇叭《らっぱ》でドンチャン騒ぎをしなくても部下に指示が飛ばせるというのは、その、助かります。実際にどう使うかというのは、そっちの方に向いた賢い奴が考えれば良いのです」

「そういう考え方もあるか」

南での戦いの様子は、フィルモウから詳し過ぎるほどの報告が届けられていた。

ドラクゥはあまり心配していない。心配しても意味がないからだ。

何かあっても、手助けに行ける距離ではない。

北での敗北は、南での敗北。南での敗北は、北での敗北。

どちらの戦いも、負けることの許されない戦いだ。それだけに、持てる全ての力を出し切らねばならないという意識がある。

「ロ・ドゥルガン、電信をこちらの戦場でも役立てることはできないだろうか」

「そう仰《おっしゃ》ると思って、数日前に銅線と邪神官、それにゴナンをこちらに寄越してもらえるよう、書状は送っております」

「やけに手回しが良いな」

「奥方様の入れ知恵ですよ。ラーナ様も電信には興味がおありのようで、エリィナ様と書状のやり取りを。私はそれに乗っかっただけです」

ラーナらしいと言えば、実にラーナらしい。

文官としては有能なシュリシアでも、新しいものにここまで関心は示さないだろう。あるものでどうにかするという意識の方が強い。

ラ・バナンの特質は、また違うところにある。電信というものが普及した後にそれを上手く差配する方法を考えるのには、最も適している男だ。

そういう能力の違いも、見極めてやらねばならない。

「なるほど。しかし、ゴナンもか。報告では辞書は既に完成したとあったが」

「ゴナニリフ、でしたか。やはりアレは実用には適さないというか、いろいろ難しいようです。クォンが何か工夫を思い付いたようですが、まだ実践《じっせん》の段階ではないと。ですから念のため、ゴナンも送ってもらうように頼みました」

「それもラーナの入れ知恵、というわけか？」

「はっはっはっ。お見通しですか。主上の前では隠し事はできませんな」

「ラーナのことはよく知っている、というだけだ。その実験は、遊撃部隊の方で頼むぞ」

「ええ、不確かなものを使わせてくれるほど〈万化〉の爺さまは甘くないですからな」

豪快に笑いながら、ロ・ドゥルガンは本陣から出ていった。

悠然《ゆうぜん》と歩いているように見えて、意外に速い。兵卒にどう見られているかを計算しつつも、仕事は早くこなしたいということだろう。

戦場での一刻は千金に当たる。そのことを理解する部下を得られていることに、ドラクゥは密《ひそ》かな満足を感じていた。

陽が東から昇るのに合わせ、タイバンカの指揮する前衛が慌《あわただ》しく戦の支度《したく》を始める。

師の〈赤の軍〉はまだ、不気味《ぶきみ》な静けさを保っていた。

×××

五〇〇〇騎。

それが、〈千変〉のジャンに新たに与えられた戦力だった。

ただの五〇〇〇ではない。魔界最強の騎兵、〈赤の軍〉を五〇〇〇である。

装備、練度、忠誠。

どれ一つ取っても、何の不満も抱きようのない戦力だ。

それを、ジャンは苛《いじ》めるように走らせた。

朝は払暁《ふつぎょう》前から、夕は隣を走る兵士の顔が判然としなくなるまで。幾度《いくど》かの休憩《きゅうけい》を挟みながら、ただひたすらに駆ける。

ジャンの思い付きではない。れっきとした、〈万化〉のグランの指示だ。

〈赤の軍〉を率いて、グランとドラクゥの対峙する草原の一角を窺《うかが》う獣王の斥候《せっこう》を討つ。

任務の割には、過剰な戦力だ。

騎兵に慣れさせようとしている。

命令を受けながら、言葉の端々にジャンは反感を覚えた。

直接の薫陶《くんとう》は受けていなくとも、魔軍騎兵総監の孫だ。

他の何よりも熱心に、魔軍騎兵操典《そうてん》は読み込んでいた。諳《そら》んじて、各頁《ページ》に注釈をつけることもできる。魔軍の同輩の中では最も騎兵に詳しいはずだ。

だがその自信は、一日目に打ち砕かれた。

二〇〇の〝馬に乗った兵〟を扱うのと、五〇〇〇の〝精鋭騎兵〟を扱うのは、全く違った種類の技能だ。それを、隊列の最後尾を走りながら思い知った。

騎兵を指揮して率先垂範《すいはん》を示すには、まず自身の馬術の腕前が不可欠なのだ。

老いた祖父の背が曲がっているのを見たことがない理由を、ジャンは初めて知った。

駆け、休み、また駆ける。

獣王の斥候《せっこう》はどれだけ討ち払っても、湧《わ》き出すように現われた。

移動城市サスコ・バウにようやく大部隊を集結した〈西の獣王〉としては、自分の領内で好き勝手に戦いを続けるグラン・デュ・メーメルが気に食わないのだろう。

斥候《せっこう》の規模は日に日に大きくなるが、それでもまだ、余力を持って撃退できる。

本格的にぶつかることには、あちらもまだ抵抗があるのかもしれない。

「そろそろ、馬の背にも慣れたか」

報告に訪れた野営では、グラン・デュ・メーメルが自ら迎えてくれた。

部下にも馬乳酒が振る舞われている。ジャンがパザン東壁で敗走させた傭兵隊《ようへいたい》の生き残りは、オルビス・カリスと野営地の間を往復する輜重隊《しちょうたい》の護衛として使われているようだ。

「はい。慣れたかどうかは分かりません。ただ、髀肉《ひにく》は締《し》まってきたように思います」

その答えに満足したように、グランは何も言わず頷《うなず》き、馬乳酒の椀《わん》を呷《あお》った。度を過ごすほど飲むとは聞いたことがないが、今晩の祖父は顔が赤い。篝火《かがりび》に照らされているからだろうか。

オルビス・カリスで飲んだ物と違い、ここで供《きょう》される馬乳酒は割らずに飲む。酸味が強く臭いもきついが、飲めば気持ちが落ち着いた。

火に照らされる部下たちの顔を、ジャンは確かめる。

顔と名前を一致させるのは、疾《と》うに諦《あきら》めていた。一〇〇〇人までは覚えられるかと思ったが、その先はどうしても無理だ。二〇〇を統禦《とうぎょ》する方法と、五〇〇〇を統禦《とうぎょ》する方法は違う。まして二万ともなれば、全く異なる世界の話になるだろう。

今、祖父が対峙しているドラクゥは最大で十九万の大軍を率いたことがある。対する〈北の覇王〉は二十四万だ。数の大きさは、二〇〇を指揮しているだけでは、はっきりと理解できなかった。今ではその偉大さと異常さが、少し分かる気がする。

一〇〇〇を超える兵を指揮すると、それは兵であって兵ではなくなる。

血の通った部下であるが、同時に、数字としか見られなくなるのだ。悲しいと思いつつも、それでいいのだと考える自分もいることを、もうジャンは知っている。

パザンでは、多くの部下を失った。

顔と名前の一致した傭兵《ようへい》が、多くいたのだ。

それを失いつつあったとき、心は圧《お》し潰《つぶ》されそうになっていた。正常な指揮が執《と》れていたとは、思わない。あの場合、被害を減らすために少しでも早く退くべきだったのだ。

情が移れば、指揮はできない。

情が移ってもなお、鋼の精神力があれば指揮ができるのかもしれないが、今のジャンにはそれはまだできそうになかった。

グランが、炙《あぶ》った鳥の腿肉《ももにく》に齧《かじ》り付いている。

脂《あぶら》が口周りの髭《ひげ》を汚すが、不思議と格好《かっこう》良く見えた。ジャンも倣《なら》って、骨付きの炙《あぶ》り肉に手を出す。

よく焼けた皮の中から肉汁が滲《にじ》み出し、思わず声を上げそうになった。

それを、祖父が微笑《ほほえ》ましげに見ている。

思えばこんな夕餉《ゆうげ》をともにしたのは、初めてのことかもしれなかった。

「美味《うま》いか、ジャン」

「ええ、美味《うま》いです。とても」

「長期の滞陣では、粗餐《そさん》に耐えねばならん。冬の寒い中でも、火の通っていないものだけを何日も食べたりすることもあるし、酷《ひど》いときには何もなかったりだな。だが、たまにこういう食事にありつけると、堪《たま》らなく美味《うま》い」

「ダーモルト殿のお陰ですね」

「ああ、あの爺様には感謝せねばならん」

魔都からオルビス・カリスまでの船便が妖鳥属に襲われていると知ると、ダーモルトはすぐさま船にハーピィ族の傭兵《ようへい》を据えた。予算が付くはずはないから、私費で賄《まかな》ったのだろうとグランは笑ったが、それほど安いはずはない。

魔都の政治は複雑怪奇で、ジャンごときでは見通すことができなかった。ダーモルトのように、その闇をも使いこなす文官がいれば良いが、そうでなければ弊害《へいがい》の方が大きいという気もする。

祖父や、ダーモルト。それに、〈北の覇王〉ザーディシュ。

こういう老臣がいなくなったとき、自分のような若い世代は魔界を担《にな》えるのかという不安が、不意にジャンを襲った。

「そう言えば、〈青〉のダッダと戦ってみて、どうだった?」

「……アルカスに報告させた通りです」

「お前自身の口から、聞いてみたい」

大徳利《おおとっくり》から馬乳酒を注ぎ足しながら、グランが尋《たず》ねる。その目は酔っているように見えて、鋭い。しかし、将帥《しょうすい》の目というよりは、場末の酒場で賭け戦棋《せんき》をしている者の目のようにも見える。

ジャンの中で、疑念がまた渦巻きはじめた。

バルバベットの書状は、分からないように軍装の隠しに仕舞ってある。

祖父は、内通の首尾を確かめようとしているのではないか。

「見事な伏兵でした。こちらは森の間道《かんどう》を使って行軍しましたが、その間、誰も敵に気付きませんでした」

「斥候《せっこう》は？」

「奇襲でしたので、最低限に。敵の部隊の動きには、十分配慮をしていたのですが」

「十分ではなかった、ということだな」

「……はい」

譴責《けんせき》という口調ではない。ただ淡々と、事実を述べているだけだ。

そもそもグランの目は、ジャンを見ていてジャンを見ていない。

遥《はる》かパザンの森の中に、人熊の部隊を見出そうとしているようだ。

「装備はどうだ。何か変わったことは？」

「普通の弓と併用して、速射性の高い弓を使っていました。後は、全身を汚して森の中に溶け込んでいたようです」

そう言った瞬間、目の前の祖父が呵々《かか》と笑いはじめた。

「ハツカだ。やはりハツカは向こうに付いたな」

「ハツカというと、お弟子の？」

「ああ、ハツカは三弟子の中でも一番伏兵が巧《うま》い。いや、巧《うま》いなんていう言葉では失礼に当たるな。邪神懸《がか》っている」

「それほどまでに、ですか」

「ああ、そうだ。ジャン。恥じ入ることはないぞ。あれの伏兵は、儂でもおいそれとは見破れぬからな」

祖父の言《げん》は、事実か欺瞞《ぎまん》か。

内通の疑念を抱かれないために、演技をしているのではないか。そういう風な目で祖父を見てしまう自分を恥じながらも、ジャンは全てを信じ切ることができない。

何と言っても祖父は、〈万化〉のグランなのだ。

「しかし未《いま》だに腑《ふ》に落ちないのは、どうやってあの場に伏兵を移動できたかということです。部隊の動きは全てシェイプシフターに逐一《ちくいち》報告させていたのです」

「簡単だよ。移動していない」

「移動、していない？」

「そうだ。それがハッカの伏兵の妙技たる由縁《ゆえん》だな。最初から、伏兵する場所に伏せていたのだ。おそらく、五日はその場にいたのではないかな」

「そんなことが」

「できるはずのないことをするのが、謀術《ぼうじゅつ》というものだ」

仮にそんなことができるとして、どうして場所が分かったのだろうか。

あの間道《かんどう》は、シェイプシフターのものだ。ドラクゥがパザンを制圧した後も、調査が入ったという形跡はなかった。

「やはり妙です。それならどうしてあの場所に伏兵を置くことができたのか。こちら側に内応している者が……」

「内応している者がいるかいないかは知らんが、ハッカに限って言えば、そんなものがなくてもあの場所を読み切ることくらいはするだろうな」

「しかし、あの間道《かんどう》は……」

「知っているということを知られないようにするのは、基礎《きそ》の基礎《きそ》だ。ドラクゥもそのことはよく理解している」

「どうしてそこまで自信を持って断じることができるのですか！」

激高《げきこう》し、思わず地面に打ち付けた椀《わん》が跳《は》ねる。

中身の馬乳酒が軍装を汚したことも気にせず、グランは小さく鼻を鳴らし、少しだけ気恥ずかしそうに呟《つぶや》いた。

「それはそうじゃろう。どちらも、儂の弟子だからな」

信じて良いのか、疑うべきなのか。

祖父を助けるべきなのか、〈北の覇王〉に従うべきなのか。

書状は本物なのか、偽物なのか。

宵闇《よいやみ》の中で炎に頬《ほお》を炙《あぶ》られているからか、それとも酒が回ったのか、ジャンの頭の中には様々な疑問が去来し、混淆《こんこう》されていく。

はっきりとした感情は、羨望《せんぼう》だ。あるいは嫉妬《しっと》と言い換えても良いかもしれない。

祖父がそれだけ手塩にかけた三弟子に、ジャンは言い知れないものを感じている。

つまりそれは、ジャンが祖父を慕《した》っているということだ。

魔都を出るまでは憎みこそすれ、ここまでの気持ちを抱くことになるとは思っていなかった。いや、最初からそうだったのかもしれない。名前の付けられない感情を、無理矢理憎しみと思い込んでいたのだという気すらしてくる。

だが、そのことが、ジャンのためにすべきことを決めてくれるわけでもない。

〈赤の軍〉の戦旗《バナー》が目に入る。旗幟《モットー》にはただ一言、〝忠義〟。

忠とは何か。忠に殉《じゅん》じたいという気持ちが、ジャンにはある。

その忠をどこに向けるかが、問題なのだ。

「デュ・メーメル将軍、戦争とはなんでしょうか」

口を突いて出たのは、愚にも付かない問いだった。

この貴重な時間を割《さ》くには、あまりにも惜《お》しい。哲学に属する質問を、武官である祖父に投げてどうするのか。答えなど、明確に返ってくるはずがないのだ。

しかし、返事は思わぬものだった。

「政治だよ、戦争とは」

「政治、ですか」

「政治の延長と言うべきだな。政治そのものではないが、一部ではある」

「しかし戦争は武官のもので、政治は文官のものです」

言ってしまってから、莫迦《ばか》な物言いをしたと思った。そんな当たり前のことを言ってしまう自分が、途轍《とてつ》もなく恥ずかしい。祖父に莫迦《ばか》と見られたくないという気持ちが、今の自分を支配していることに、ジャンは気付いた。

「武官も文官も、大魔王の臣下だ。言ってしまえば、統治の手足ということになる」

「大魔王の臣下」

「そうだ。頭があって、はじめて手足は動く。そういうものだ」

「しかし先程、戦争は政治の延長だと」

「ああ、少し言葉を惜《お》しんだようだ。つまりは、政治も戦争も、目的を達成するための手段ということになる。だが、政治のために戦争をすることはあっても、戦争のために政治をすることはあってはならない。そういうことだ」

言われてみれば、そうだという気がする。

だが、戦争をするために政治の方を捻《ね》じ曲げた例は、魔界の歴史の中では枚挙にいとまがない。武官の暴走は、しばしば魔界の統治を危うくしてきた。そのことを、祖父は簡素な言葉で痛烈《つうれつ》に批《ひ》判《はん》している。

「では、将軍は統治に対する忠誠こそが大切だと考えている、と？」

「それこそが魔界を魔界たらしめている。武官が好き勝手に動けば、魔界はすぐに倒れてしまうだろうからな」

「それでは何故《なぜ》……」

「……それでは何故《なぜ》？」

言葉が喉《のど》に絡まる。頬《ほお》が熱い。動悸《どうき》が、速くなる。この一言を発すれば、後には引けなくなるだろう。それでも、問わねばならない。

「……それでは何故《なぜ》、将軍はこの戦いを私《わたくし》しているのですか？」

場が、水を打ったように静まり返った。

いや、そんなことはない。周りの兵たちは気付かずに談笑を続け、酒を酌《く》み交わしている。祖父が発した気迫が、そう感じさせたのだ。

「この戦《いくさ》を、自分自身のものにしていると？　儂が？」

「そのように、見えます」

「そう見えるか」

「少なくとも、楽しんではおられる」

「楽しんでいるか」

「まるで、ドラクゥと戦棋《せんき》の盤を挟んでいるように見えます」

そう指摘すると、祖父は口角を上げて、申し訳なさそうに笑った。こういう表情をするのを、はじめて見る。

「そういう面が、ないでもない。戦棋《せんき》で儂と互角に指せる者など、そもそもあまりおらんのだ。弟子をとっていたときも、ハツカ、ドラクゥ、シーナウの三面を相手にしていた」

「それは、戦争の私的な利用ではありませんか」

「おいおい、勘違《かんちが》いするなよ。儂は、勝とうとしている。相手も、勝とうとしている。そのやり取りが結果として楽しいのであって、楽しむために戦っているわけではない」

「ならばどうして全力でドラクゥを攻めないのです？　少しずつ削《けず》り取るような戦い方しかしておられません」

「全力でぶつかるだけが戦争ではない。それに、ジャン。この戦いの目的を忘れてはおらんだろうな」

目的、と言われてジャンは咄嗟《とっさ》に言葉が出てこなかった。

ドラクゥを倒し、南方を安定させる。魔都の支配が行き届く領域に復《ふく》さねばならない。

それが、出征に当たっての命令だった。

「しかしあれは、絵空事です」

「絵空事だよ。あんな大目標、いくら精鋭とはいえ騎兵二万にさせる仕事ではない」

「では……」

「できぬ戦争でも、しなければならん。三族誅滅《ちゅうめつ》のこともあるしな」

「三族誅滅《ちゅうめつ》ですか」

祖父が反旗を翻《ひるがえ》せば、人山羊の魔王は誅滅《ちゅうめつ》の対象になる。

そのことが祖父に出征を決意させたということは、ジャンも聞いていた。大恩ある相手のためならば、無理な戦いもしなければならない。

「だからこそ、ドラクゥとの決戦は、機を図《はか》らねばならぬ」

「どういうことですか?」

「この大目標を達成するには、一度の決戦で敵を完膚《かんぷ》なきまでに叩《たた》き潰《つぶ》さねばならんということだ。決戦の地以外に余力を残した状態で勝ったとしても、敵将を何とかできなければ、再起される恐れがあるだろう」

「ではまさか」

「そうだよ。大目標を達成するために、策を練っているのだ。騎兵二万で敵を制する。これほど楽しい詰め戦棋《せんき》はなかなかないぞ」

そう嘯《うそぶ》く祖父の目を見て、ジャンは全てがどうでもよくなった。

自分は、祖父が好きだ。それでいい。

壮語している大作戦が本当か嘘かなどは、どうでもよくなっていた。

軍装の隠しから、バルバベットの書状を取り出すと、それを火にくべる。

燃えていく書状は祖父にも見えているはずだが、何も言わない。

全てが燃えて灰になった後、祖父が馬乳酒の並々入った椀《わん》を、手渡してくれる。

その酒は、これまで飲んだどんな酒よりも、美味《うま》く感じられた。

×××

俥列《しゃれつ》はどこまでも続くかに見えた。

ほとんどはリザードマンが牽《ひ》いているが、中には馬がその代わりをしているものもある。

馬車に乗るのは、はじめてのことだ。アイザックの住んでいたアルディナを含め、人界では馬の数が非常に少ない。

人界にも、馬はいるところにはいる、という話もあった。

〈聖堂〉が寡占《かせん》しているのだ。馬がいれば物流や農耕も捗《はかど》るはずだが、それらの所有は戒律《かいりつ》によって禁じられている。〈聖堂〉に届け出た騎士身分だけが、馬を持てるのだ。

結果として〈聖堂〉の支配の緩《ゆる》やかな草原地帯以外では、馬は酷《ひど》く珍しい生き物になっていた。

馬の珍しい人界からドラクゥ軍が馬を買っているというのは、どうにも不思議な気がする。商売のことはあまりよく分からないが、普通に考えれば物は豊富なところから少ないところに持っていって売るのが道理だろう。現実の方がおかしいのか、アイザックの認識の方がおかしいのか、はたまた判断の基準となっている知識がおかしいのか。

つくづく、アルディナにいた頃の自分は何も見ていなかったのだと痛感する。

魔界という土地にしてもそうだ。

知識や図鑑で、人界に匹敵《ひってき》する広大な土地がそこにあることは知っていた。

だが、頭の中で思い描くのは、暗い闇に閉ざされた狭隘《きょうあい》で暮らしにくい土地であって、馬車に揺られて今進んでいるような土地ではなかったのだ。

「もう少しでパザンだそうです」

「そうか」

御者《ぎょしゃ》に様子を窺《うかが》いに行っていたウォーレンが戻ってくる。

俥列《しゃれつ》の目的地はパザンだが、アイザックとウォーレンはそれよりさらに北に進む。目的は、魔界の支配者、大魔王ドラクゥとの謁見《えっけん》だ。

戦場と化しつつある南方の新城市から離れられると聞いたときには、疎開《そかい》させてもらえるのかと糠喜《ぬかよろこ》びをした。だがよくよく聞いてみれば、ドラクゥの親卒《しんそつ》する主力軍も、他の誰かと戦争をしているという。

魔族の国が平和であるとは想像していなかったアイザックだが、まさか複数の敵と同時に戦っているとは思ってもみなかった。そんなことをアルディナでやれば、たちまち街には餓死者《がししゃ》が溢《あふ》れる。

理由の一つは、魔界で食べられている米ではないかと、目星は付けていた。

人界で取引される小麦よりも、安い。

食べているものが違えば、全体で養える者の数も違ってくる。考えてみれば道理なのだ。

「しかし、揺れます」

後ろに続く俥列《しゃれつ》を眺めながら、ウォーレンが不安げに呟《つぶや》く。

運んでいる品の中には、振動にあまり強くないものも含まれている。さらにその中のいくつかは、試作品まがいのものもあった。完成して自信を持って売り込めるものだけを魔界の支配者にお目に掛けたいのだが、何せ今は手駒《てごま》が少ない。

〝聖堂の空席には物乞《ものご》いでも入れておけ〟とばかりに、何でもかんでも持ちこんできたのだ。ウォーレンが不安がる気持ちも分かる。

「それにしても、クォン殿には助けられましたな」

「ヴェルバニアス文庫か」

「あれは貴重なものです。若も叔父上に感謝されませんと」

「全くだな」

錬金術師であるとフィルモウ総督に打ち明けた後、クォン・ヴェルバニアス将軍に案内されたのは彼の私邸だった。

引っ越してきたばかりだという将軍の家はまだ片付いていなかったが、どうしても見せたいものがあるとのことだった。通された書斎でアイザックとウォーレンは、思わず感嘆の声をあげてしまった。

そこに眠っていたのは、箱詰めにされた羊皮紙《ようひし》の束だ。

見る人によっては、単なる紙屑《かみくず》の山にしか見えないかもしれない。ただ、そこに書かれていることのほんの少しでも理解できる者には、それが千金に当たるということがすぐさま分かるはずだった。

錬金術の製法箋《レシピ》である。

〈白の学派〉の考案したものばかりではない。変わり者だったアイザックの叔父が人界全土から買い集めた知恵の結晶である。

〈聖堂〉の監視の目を掻《か》い潜《くぐ》って集められた製法箋《レシピ》の中には、既に遺失したと考えられていたものも少なくない。その一々に、卓越した錬金術師である叔父の注釈が書き加えられているのだ。これで喜ばない錬金術師がいるとしたら、そいつは偽者に違いない。

「〝火精《かせい》の秘薬〟の完全な製法箋《レシピ》まで残っているとは驚きでした」

「あれによって、父は〈聖堂〉に殺されることとなった。因果なものだな」

「読み込めば、他にも凄《すさ》まじいものが含まれているかもしれません」

「〈青〉と〈黒〉の両学派の製法箋《レシピ》もかなり含まれていたからな。暗号が違うから、読むのには骨が折れそうだが」

「あれだけの製法箋《レシピ》、彼らの本部にも残っていないのではありますまいか」

「残っていないだろうな。どちらも〈聖堂〉に酷《ひど》く狩り立てられた」

考えてみれば、不思議なものだった。

同胞《はらから》である人族は、錬金術を忌《い》む。いや、忌《い》んでいるわけでもないのだろうが、結果として〈聖堂〉の教えが普《あまね》く行き届いた地域では、錬金術やその他の先進的な研究が原則的に禁止されている。対して魔界では、錬金術をどんどん研究しろというのだ。実利を求めてのことだというのは分かっているが、その違いは大きい。

「若はどうして我らが北へ送られるか、聞かれましたか？」

「大魔王との謁見《えっけん》のためだろう？　電信やら何やらに使う物資を運ばねばならんから、そのついでだと思っていたが」

岩蜘蛛《マインスパイダー》の銅線を使った電信という技術は、驚くべき速さで戦場に取り入れられた。アイザックも何度か見学に赴《おもむ》いたが、凄《すさ》まじい速さだ。

クォンという将軍は、失敗を恐れない。むしろ失敗することを織《お》り込んで動いているという風があった。銅線一本を損なう心配をして実験を躊躇《ためら》うよりも、一〇本調達して一〇回試みるというところがある。

そのための予算や物資は、総督のフィルモウが都合を付けるようだ。

ああいうやり方であれば、技術は否が応でも発展する。

お陰で、電信は比較的安定して使える技術になりつつあった。

「それが、どうやら違うようなのです」

「違う、というのはどういうことだ。まさか私たちが魔界から逃げ出さないように奥深くに連れて行くとか、生贄《いけにえ》に捧げられるとかそういう話じゃないだろうな」

「そういう連中ではありませんよ、彼らは」

「分かっている。ほんの冗句《じょうく》だ」

手をひらひらと振って、アイザックは続きを促す。ウォーレンの言う、この移動の理由には少し関心があった。

「実は、どうやら彼らなりの配慮のようなのです」

「配慮？　逃げ込んできたばかりの錬金術師二人にか」

「信じがたいですが、そういうことのようです」

「それで、彼らはどんな配慮をしてくれたというのだ？」

「ああ、その、つまり……錬金術師の編み出した技術で、同胞《はらから》と戦っているのを見るのは忍びないのではないか、と」

「……なんとな」

「驚くべきことです」

堪《こら》えようとしても、無駄だった。アイザックは、逃避行を始めてから初めて、腹を抱えて笑っている。

なんという優しさ。なんという甘い考え。

錬金術師の中には、研究のために嫁を質に入れる奴までいるというのに。

もちろん、これが方便だという可能性は大いにある。しかし、そういう考え方が美徳であるという価値観がなければ、そんな配慮をこちらに漏らしたりはしないだろう。

「気に入った。気に入ったぞ、ウォーレン。〈白の学派〉はこちらへ移ってきて正解だった」

「ええ、若。私もそう思っていたところです」

馬車の左手に、大きな城壁が見えた。あれがパザンだろう。

俥列《しゃれつ》の多くはそこで道を別れ、城市の方へ吸い込まれるように入っていく。

大魔王ドラクゥというのは、どういう魔族だろうか。アイザックは、俄然《がぜん》関心を抱きはじめた自分に気付いて、少し驚いていた。

×　×　×

軍議は難航していた。

問題なのは敵の出方だ。それによって、ドラクゥの採るべき策は決まる。

決戦か、持久か。

毎夜議論を尽くしても、糸口が見えない。

今宵《こよい》も本陣の篝火《かがりび》の下で討議が続けられている。

ドラクゥの対グラン戦略の基本は、持久だ。いや、持久だった。

魔都から長駆《ちょうく》進撃してくる二万の騎兵は、強力だが脆《もろ》い。戦闘力を維持し続けることが難しいのだ。それは淡雪が地に染み入るように、溶けてなくなる種類のもののはずだった。

それを、師は驚異的な努力で維持し続けている。

二万の騎兵を餓《う》えさせず、落伍《らくご》させず、戦いに倦《う》ませず。こんな芸当は、他の将軍にはできないだろう。

長く魔都の北東に蟠踞《ばんきょ》する〈蝗帝〉の軍と干戈《かんか》を交え続けてきたグラン・デュ・メーメルだからこその戦術だ。

獣王の勢力圏にあったオルビス・カリスを奪取して、魔都との兵站線《へいたんせん》を水上に確保し、同時に休養の拠点とする。

二万の騎兵は今では四つに分割され、二組がグランとアルカスの指揮でドラクゥと対峙し、一組がジャンとともに獣王の斥候《せっこう》を撃退、残りの五〇〇〇は休養するという当番制になっていた。指揮官と組は固定されず、グランは常にドラクゥと睨《にら》み合いを続ける格好《かっこう》になっている。グラン自身が休息のためにオルビス・カリスへ戻ることはほとんどない。

グランの疲労は、相当に蓄積しているはずだ。

まだ若いドラクゥでさえ、鎧《よろい》を外すときに芯《しん》から疲れを感じる。

如何《いか》に壮健だとは言え、グラン・デュ・メーメルは老将だ。長い滞陣は体力を少しずつ、確実に奪っているだろう。

だから、決戦は近い。そういう意見が、多くなりつつあった。

急先鋒《きゅうせんぽう》は、タイバンカだ。元々〈赤の軍〉に籍を置いていた男の言葉には説得力がある。

騎兵の本質として、持久には向かない。だから、敵は遮二無二《しゃにむに》攻めてくるだろう。そういう考え方だ。

戦理《せんり》は、措《お》く。あの師であれば、体力が残って意識《いしき》が明晰な内にドラクゥとの決着を望む。それは、ありそうなことだった。

一番いい形で決戦に持ち込める機を窺《うかが》っているという意見だ。

そうではないという意見もある。

こちらの論客は、ロ・ドゥルガンだ。

ダークエルフのシュノンの調べでは、オルビス・カリスには相当量の物資が蓄《たくわ》えられつつある。

これは短期決戦を考えている者のすることではない、という。

その意見にも聞くべきところがあった。

魔都からの指示は、南方の掌握《しょうあく》である。律儀《りちぎ》にそれを遵守《じゅんしゅ》しようとすれば、長期戦にならざるを得ない。

自分の意見は述べず、ドラクゥはただ諸将の議論に耳を傾け続ける。

南へ逃《のが》れてくる前は己の才を頼り、何でも自分で決めなければ気が済まないところがあった。

そんな悪癖《あくへき》は、今は鳴りを潜めている。そういう在り方を望まれなくなったのだ。

王者であることは、必ずしも万能であるということではない。良き発案者であるよりも、良き決定者でなければならない。

そういう風に変わった原因を考えて、ドラクゥはあの邪神の顔を思い出した。

報告では今、南方の戦線にいるという。

他の邪神や神々と袂《たもと》を分かった、という話は聞かされている。

果たしてそれで、戦い抜くことができるのかという不安はあった。邪神ヒラノとは、離れていても助け合っているという意識がある。

ドラクゥが目の前のグランとの戦いに集中できるのも、南にヒラノがいるからだ。

そういう考えを、師兄《しけい》であるハツカには詰《なじ》られたこともあった。

だが、これでいいのだという思いもある。

誰かの望むように、生きてきた。

望まれれば、そう在ろうという生き方だ。強く、賢く、優しく、苛烈《かれつ》に。

王器というものが、欲しかった。

それを備えているという実感を、常に求めていたのだ。

大魔王とは王器を持つ者である。その思いは日に日にドラクゥを縛《しば》っていったが、頂点に達したのは〈北の覇王〉との戦いに敗れたときだろう。

あのとき、本当に自然に、自分だけの邪神を願い、そしてヒラノと出会った。

それは間違いなく、ドラクゥにとって救いだったのだ。

王器を持った者として見られるために、ありとあらゆる努力を払った。

だが、そう振る舞えば振る舞うほど、王器の在り処《か》は分からなくなる。

師兄《しけい》であるハツカが、「王は孤独で磨かれる」と言ったときに、理由は分かった。

王器とは外から形作るものではなく、内側に養うものなのだ。

そしてその芽生《めば》えを、ドラクゥはずっと見て見ぬふりをしてきたのかもしれない。

自然体であろう。

歴代の名君の持った王器とは、他者からそれを持っていると見做《みな》されるものではない。

自分の中に王器を持っているという心が、王を王にするのだ。

そのことは、ヒラノが教えてくれた。そういう気がする。あの邪神は、他の誰かからどう思われていようと、必ず自分の思う通りに動く。

常に皆の望むようにあろうとしたドラクゥにとって、それは驚愕であり、憧《あこが》れだった。

だから、今のドラクゥに迷いはない。

王として為すべきことを為す。それだけが、今のドラクゥの指針である。

恐れはどこにもない。

風が陣幕を揺らす。従卒《じゅうそつ》が火鉢に炭を足した。

決戦か、持久か。

状況を動かすにはまだ、何かが足りない。今争えば、ドラクゥの軍とグランの軍は、共倒れに終わる。

ある意味では、〈北の覇王〉はそれで目的を達することができるのだ。

そうなっていないのは、〈万化〉のグランの性格に負うところが大きい。

そんなことを考えていると、本陣に伝令が駈け込んできた。

「お初にお目にかかります」

まだ発音の怪しげな挨拶《あいさつ》だった。目の前で拝礼しているのは人族の男だ。伝令に少し遅れて本陣にやってきた若者は、錬金術師のアイザック・ブランシェと名乗った。

ドラクゥが人族を見るのはほとんど初めてと言っていい。だが、角がないあたりが邪神ヒラノに似ている。ヒラノと比べると、アイザックの方が顔の彫《ほ》りは深かった。

「遠路遥々《えんろはるばる》、よく来た。錬金術というものについてはよく分かっていないが、クォンから少し聞いている」

ありがとうございますと、アイザックが頭を下げる。

その所作が妙に慣れていることに、ドラクゥは気付いた。頭を下げ慣れた者の動きだ。

人族の国で錬金術というものがどういう扱いを受けているのかは分からないが、少なくとも権力者とはしばしば会っていたのではないか。単なる技術者がたびたび謁見《えっけん》を許されているというのなら話は別だが、かなり有用な技術を持っているということも考えられる。

アイザックと同じ倅列《しゃれつ》で、ラーナも本陣にやってきているという。

先だっての防衛線の報告という名目だが、それだけではないはずだ。

攻められた位置からすれば、カルキンが報告に来るべき問題だ。

それでもラーナが来たということは、彼女もカルキンに愛想《あいそ》を尽かしたのかもしれない。

タイバンカも遊撃隊のロ・ドゥルガンも今は本陣にいるので、北で動ける者はほとんど揃っていることになる。

本来であれば酒宴でも開きたいところだが、丁度《ちょうど》いい。

軍議をそのまま続けてしまおうという気に、ドラクゥはなっている。

明日にもグランの総攻撃があるかもしれない状況で、部下に酒精《しゅせい》は残したくない。それが最も大きな理由だが、タイバンカとロ・ドゥルガン以外の意見も聞いてみたかったということもある。

今の状況では、相手が攻めるにせよ持久するにせよ、こちら側は守ることしかできない。こちら側から攻めていっても、全てが騎兵で構成されている異常な編成の〈赤の軍〉はひらりと逃《のが》れてしまい終わってしまう。

それでは、意味がない。

こちらは隙《すき》なく守ることで何とか相手の攻撃を防いでいる状態だ。

動けば、崩れる。誰しもが共通して持っている感覚だった。ならば守るしかないのだが、相手がどう動くかによって構えは変わってくる。

その議論に、今の本陣は飽《あ》きてしまいつつあった。長過ぎる議論には弊害《へいがい》しかない。空気が弛緩《しかん》すれば、師に格好《かっこう》の隙《すき》を与えることになる。

ラーナあたりが何か新しい考えでも吹き込んでくれれば、これまでと同じ内容を論じているにしても、活力を取り戻すかもしれない。

ドラクゥの意を組んだのか、何かラーナが口にしようとしたとき、錬金術師の若者が顔を上げた。

「ドラクゥ陛下《へいか》に、お見せしたいものがあります」

「ふむ？」

アイザックが合図を送ると、年老いた人族の男が一抱えもある箱を運んでくる。

大きさの割に持ち重りがするのだろう。見かねて従者が持つのを手伝う。

目の前に運ばれてきた箱は、厳重に封がしてあることを除けば、何の変哲もない木箱だった。

アイザックが開封しようとすると、タイバンカがそれとなく箱とドラクゥの間に身体を滑らせようとする。

中に武器が入っているかもしれないと思ったのだろう。伝承などではよくあることだ。

ドラクゥはそれを片手で小さく制した。

人界から遥々《はるばる》、ドラクゥを暗殺に来るというのは、あまりに効率が悪い。

仮に成し遂げたとしても、人界に与える影響は微々《びび》たるものだろう。

それに、クォンからは錬金術師というものについて少し聞いている。学究の徒を暗殺に使うなど、下の下だ。そういう任務をさせるのなら、もっと適した職がいくらでもある。

「これです」

そう言ってアイザックが取り出したのは、鉄色に輝く糸を寄り合わせて輪の形に束ねたような物だった。慎重に持ち上げているのは、棘《とげ》が付いているからだろう。

何をするための物かは分からないが、これまでに見たことがないのは確かだ。

「これはいったい、何なのだろうか」

「はい。これは〈聖堂〉の密命によって我ら〈白の学派〉が研究をしておりました、〝鉄の荊《いばら》〟という兵器です」

「兵器、だと？　余にはそれは単なる鉄の紐《ひも》を束ねたものにしか見えない」

「仰《おつしや》る通りです。ただの鉄の紐《ひも》を束ねたものですが……」

アイザックがウォーレンとともに、〝鉄の荊《いばら》〟を横に広げる。

輪の形に整えられている鉄の紐《ひも》はその形を保ったまま、横に拡がっていく。昔、鍛冶師《かじし》の工房で見た蛇腹の鞴《ふいご》を伸ばしているようにも見える。

「分からんな。これを何に使うのか」

「はい。私どももそれが分かりませんでした。〈聖堂〉からは、このようなものを作れと指示をされただけだったので。ただ、こちらに逃《のが》れる前に〈聖堂〉の僧からついに使い方を打ち明けられたのです」

「もしや……」

顎《あご》に指を当てて考えていたドラクゥに、閃《ひらめ》くものがあった。

「これは、騎馬を寄せ付けないためのものか」

「ご明察です。この〝鉄の荊《いばら》〟は、馬や人の突撃を防ぐための兵器です」

「人馬の突撃を、か」

思わず本陣のあちらこちらでどよめきが漏れる。

ロ・ドゥルガンなどは〝鉄の荊《いばら》〟に実際に触ってみようとさえしていた。

人馬の突撃をこれで少しでも防ぐことができるなら、師との戦いに大いに役立つ。

だが、問題は量だ。

それほど多くないのであれば、物の役には立たない。

「この〝鉄の荊《いばら》〟、量はどれほどある」

「馬車一輌に、満載してまいりました。人界から逃げてくるときに持ち出した物と、こちらで作った物がありますが、強度はほとんど変わりません」

「こちらに逃げてから？」

「はい。岩蜘蛛《マインスパイダー》に鉄鉱石を食べさせまして。蜘蛛《くも》が出した鉄線を編むこと自体は、それほど難しくないのです。銅線と並行しての作業でしたので、少し時間はかかりましたが」

岩蜘蛛《マインスパイダー》についての報告は受けている。

電信に不可欠な銅線を作らせていた、ということだが、こういうこともできるとは想像もしなかった。

どれだけの糸を一日に吐《は》くのかしらないが、相当の数を用意したのだろう。そうでなければ、銅線と鉄線の両方を生産するのはかなりの苦労が伴うはずだ。

この〝鉄の荊《いばら》〟を上手く使えば、師を出しぬけるかもしれない。

これを使った策を検討させようとしたとき、視界の隅で何かが動いた。

「シュノン？」

見れば、ダークエルフのシュノンが従者を背中から短刀で一突きにしている。

あの顔には、見覚えがあった。気の利いた従者で、火鉢などを本陣によく運び込んでいた気がする。

「どういうことだ、シュノン」

「間者《かんじゃ》が、逃げようとしましたので」

言い終わるか終わらないかの内に、従者の顔や体が崩れ、軟体状《なんたいじょう》になった。

シェイプシフターだ。

「〝鉄の荊《いばら》〟のことを、デュ・メーメル将軍に伝えようとしたのでしょう」

確かにこれは重要な情報だった。

知られれば、効果は薄れる。使い道を早急に考える必要があった。

誘いを、掛けてみるか。先刻までは思いもしなかったことだが、そういう手もある。

夜はまだ長い。策の検討と準備には、まだ時間があるはずだった。

×　×　×

密偵《みってい》からの連絡が絶えた、という報《しら》せはすぐにグランのもとに届けられた。

払暁《ふつぎょう》前にあるはずの定期連絡が、なかったのだ。

ドラクゥの陣に潜ませていた密偵《みってい》の数は、かなりに上る。二〇かそこらは潜り込ませていたようだ。その全てが同時に連絡を絶った。只事《ただごと》ではない。そうでなくとも、変幻自在のシェイプシフターが連絡を寄越さないというのは、よほどのことだった。

「取りこまれたか、死んだかだな」

尋《たず》ねるとも尋《たず》ねていないとも言えない口調で呟《つぶや》くグランに、報告に来たシェイプシフターは震えるようにして頷《うなず》く。今は美しい女の姿をしているが、美貌《びぼう》が怒りで台無しだ。

この種族との付き合いがあまりないグランにとって、シェイプシフターのこういう情動を見るのは、はじめてのことだった。

無理もない。パザン失陥《しっかん》後に散り散りになってしまったので、シェイプシフターの数は酷《ひど》く少なくなっていた。一〇や二〇の損失が、大きな問題になる。それほどまでに、彼らの数は減ってしまっているのだ。

彼らが自分たちの内情を漏らすことはないが、おそらくもう、組織的な諜報《ちょうほう》の仕事は請け負えないのではないか。グランにさえ、そういう風に見える。

報告を受けているのは、グランだけだ。

野営地の外れに小さな小屋を建て、塒《ねぐら》のように使っている。だが、不満を持つ部下はいない。疾《と》うに退役をしていてもおかしくない年齢なのだ。多少の我が侭《まま》は許される。

その小屋で、グランはシェイプシフターと連絡を取り合っていた。

「ということは、ドラクゥの側に何か大きな動きがあったということだ」

輜重《しちょう》の俥列《しゃれつ》がパザンとドラクゥの本陣に続々と到着している、という報は受けている。

南方での人族との戦いの趨勢《すうせい》は未《いま》だに膠着《こうちゃく》しているというから、領内から動かせる物資を根こそぎ運んできたのだろう。

俥列《しゃれつ》を守る護衛の中には、ゴナンやリザードマンの警備兵まで含まれていたらしいので、ドラクゥの領内には戦力らしい戦力は残っていないはずだ。

そのことは、各地からの報告とも合致する。

シェイプシフターは倖列《しゃれつ》への奇襲を盛んに進言してきていた。

それらの全てを、グランはやんわりと退けている。

口調は柔《やわ》らかくなるように努めているが、内心は穏やかではない。

この戦争は、グラン・デュ・メーメルのものだ。

シェイプシフターがグランと〈赤の軍〉に協力しているのは、ドラクゥに対する恨《うら》みの感情からだ。それはありがたいと思う。実際に、彼らのもたらした情報は有益だ。

だが、戦争に口を挟むなという気持ちは、日に日に強くなっている。

この戦いを汚されたくない。

本気で戦うことのできる戦争に、恋焦《こいこ》がれてきた。

淫《いん》していると言っても良い。自分の全力を振り絞《しぼ》るような戦いがしたいだけなのだ。些細《ささい》な願いだと思っていた。それなのに、叶《かな》わない。

敵はいつも、自分より弱かった。

〈蝗帝《こうてい》〉の軍ですら、簡単に蹴散らすことができたのだ。こうなると、魔界にはもはや敵はいない。

少々賢い匪賊《ひぞく》程度では、相手になるはずもなかった。

だから、育てたのだ。

〈万化〉のグラン・デュ・メーメルが全力を出しても容易に毀《こわ》れない敵手を。

それがハツカであり、シーナウであり、ドラクゥだった。

もちろん、弟子とは戦いたくない。以前は、そういう気持ちの方が強かった。だが、心の奥底では、何とかしてドラクゥと一戦交えてみたいと思い続けてきたのだ。

その戦いに差し出口を挟む者は、それがシェイプシフターであろうと、〈皇太子〉レニスであろうと、〈北の覇王〉ザーディシュであっても、許すことはできない。

二万の騎兵で獣王領を越えろという無理難題をどうにかしたのだ。この戦いは既に、グランのものになっている。

ならば、好きにやらせてもらう。そういう気持ちは、日に日に大きくなっていた。

シェイプシフターが語気も荒《あら》く言い放つ。

「敵の動きが分からなくなった。どうするつもりだ、デュ・メーメル将軍」

「それが戦争だ。全てが同時に始まって、時間が経つごとに訳が分からなくなる。霧の中で戦っているようなものだと言った奴もいるが、要するにそれが当たり前なのだ」

「将軍は必ず勝つ、と約束したはずだ」

「より正確には、必ず勝つつもりだ、だな。戦場に絶対は有り得ない」

「……勝つことが、契約だ」

「勝つ努力は、する。それが契約だと認識している」

シェイプシフターの頭領との会話を口先だけで続けながら、頭では全く別のことを考えている。

ドラクゥは、何を手に入れたのか。それを戦いに組み込んでくるのか。

南の戦線では随分と面白い手品を使っている、という報告は受けていた。

密偵《みってい》の質がもう少し高ければ子細《しさい》に調べさせるのだが、生き残ったシェイプシフターの数には限りがある。南方にまで振り向けている余裕はなかった。

「暗殺、という手もある」

「暗殺だと？」

不意に、会話に意識が呼び戻された。

暗殺などということは、グランの頭の中にはない。いや、そういう考えは、レニスやザーディシュの側にもないだろう。ドラクゥの立ち位置は、とても繊細《せんさい》だ。ただ殺せばいいという問題ではない。

何より、暗殺してしまってはドラクゥと戦うことができなくなる。

また、グランのもう一つの目的にも、差し障《さわ》りがあった。

「暗殺すれば、全てが終わる。全てが、だ」

「それは下策だ。考えるまでもない。ドラクゥを殺したところで、何も終わらん」

「我々の悲願は達成される。〈淫妖姫〉パルミナ様の仇《かたき》を討つことだけが、我が種族の願いだ。それ以外は何も要《い》らない」

莫迦莫迦《ばかばか》しいと言い掛けて、グランは押し黙った。

自分は自分のための戦争をやろうとしている。ある意味では究極の我が侭《まま》だ。それに比べれば、種を賭《と》した仇討《かたきうち》というのはまだしも価値のあることなのかもしれない。

「分かった、約束しよう。ドラクゥを討つ。必ずだ」

「何に誓う？」

「儂の命、でどうだ？　駄目だと言われても、他に賭けられるものもないが」

表情の読めないシェイプシフターが、薄く笑ったように見えた。

「良いだろう。信じよう。暗殺を試みるのは、その後だ」

「そうしてくれると助かる」

密談は、終わりだ。シェイプシフターの美女は、いつの間にか姿を消している。

小屋を出ると、アルカスが近寄ってきた。

「将軍、こちらにおられましたか」

「ああ、済まんな。何か報告か？」

「ドラクゥの陣で、何か動きがあったようです。夜だというのに、妙に慌《あわただ》しい」

「誘いかな」

「どうでしょうか」

いずれにしても、夜が明ければ分かる。

本当はもう少し時間を掛けたかったが、何かが変わってしまったという空気をグランは感じていた。決着を付けねばならない。そういうときが、来ているのだ。

「明日は、ドラクゥの本陣を攻めるぞ」

毎日していることだが、改めて口に出してみる。

アルカスも、何かを感じ取ったようだ。

「オルビス・カリスにも伝令を出しますか？」

明日はジャンの休養日に当てている。それはグランも憶《おぼ》えていた。

「いや、良い。いつも通り、攻めるだけだ」

「御意《ぎょい》」

それで全てが伝わったようだ。アルカスはもう、何も問わない。

見上げると、月が青く美しく輝いている。

硬鞭《こうべん》の手触りを、グランは無意識に確かめていた。

明日は決戦になる。その予感が、老いた躯《からだ》を微《かす》かに震わせていた。


丘の上に、戦気が満ちている。

目に見えないものだが、確かに感じ取れるのだ。兵の中には気付かない者もいるようだが、馬は鋭敏《えいびん》に反応して、今朝は気が昂《たかぶ》っている。

こういうことは、獣の方が感じやすいのだろう。魔族は戦うことを本能と定めているなどと言う者もいるが、そういう説をグランは全く信じなかった。

魔族のほとんどは平和と安寧《あんねい》を好むものだ。そう感じている。

「もっとも、儂のような例外もいるにはいるが、な」

まだ夜明け前だというのに、既に戦装束に身を包んだグランは馬に跨《また》がっていた。

常の起床時間より、早い。この歳になって恥ずかしいことに、亢奮《こうふん》して上手く寝付けなかったのだ。従者が手水鉢《ちょうずばち》に水を汲《く》んでくるより前に、全ての支度《したく》を整えていた。

敵がどう出るのか。その動きは読めない。

ただ、誘っているという気配だけは濃密に感じていた。こちらの準備が整えば、それに応じて何か仕掛けてくるつもりなのだろう。

あえて乗るという手もあるが、それよりは機先を制したい。

「出撃の準備が整いました。お下知《げち》を」

仕度を終えたアルカスが轡《くつわ》を並べた。

この世の全ての騎兵が手本とすべき理想像のようにさえ見える。

グランは答える代わりに、硬鞭《こうべん》を掲《かか》げた。

「進軍」

静謐《せいひつ》な朝の空気を突き破るように、馬群が動きはじめる。

一万の馬と一万の兵が一匹の獣のようになった。赤い獣の尖頭《せんとう》に、グランがいる。

小細工など必要ない。ただ真っ直ぐに、ドラクゥの陣へ駆けた。

丘の陣地は昨日と同じように見えるが、どこか違う。

それが何かを考える前に、矢が降ってきた。数が多く感じるのは、射耗《しゃもう》し尽くしても構わないと考えているからだろうか。

後ろから包み込むように〈赤の軍〉が駆けていく。

〈赤の軍〉は、近衛《このえ》だ。指揮官を先に死なせることはしない。その本能だけは、調練でも変えることはしなかった。それでいいという思いもある。

射込まれた矢を硬鞭《こうべん》〈万化〉で払いながら進む。

鹿砦《ろくさい》や逆茂木《さかもぎ》、空壕《からぼり》の位置は昨日と変わらない。それらの障害を巧みに躱《かわ》すようにして、〈赤の軍〉は駆けた。

長槍《ながやり》を構えた歩兵とぶつかる。

昨日までの薄皮を剥《は》ぐ突撃ではない。鋭角に突っ込むと、思わぬほど抵抗があった。よく鍛《きた》えられた兵だ。それも、戦に倦《う》んでいない。こういう兵を率いる将に、ドラクゥが成長していることを、ただ嬉しく思った。

硬鞭《こうべん》を振るい、蛮声《ばんせい》を上げる。吶喊《とっかん》。

馬蹄《ばてい》の響きと一万の怒号は、手槍《てやり》よりも鋭く敵兵の心を突く。それでも、敵は怯《ひる》まない。

先鋒《せんぽう》が、固い岩盤に当たった。馬群の流れでそれを感じると、すぐに方向を変える。

縦から、横へ。突き破る突撃から、食い散らかす突撃に。

丘の斜面に敷かれた陣は、横へ進めば勾配《こうばい》は緩《ゆる》い。

敵陣を飛び出し、もう一度突っ込む。思ったより、損害が大きい。

だが、それは相手も同じはずだ。全てを懸けた、殴《なぐ》り合いだった。

丘の上に一旒《りゅう》、ドラクゥの旗が翻《ひるがえ》っている。動かない。

あそこを陥《お》とせなければグランが負け、陥《お》とせばグランが勝つ。

再び、丘の斜面に突っ込む。

堅い。リザードマンの槍兵《やりへい》だった。傭兵《ようへい》としてなら敵に回したことがあるが、纏《まと》まると思わぬ精強さを発揮する種族らしい。

突撃を繰り返す内に、妙なことに気が付いた。

敵の反応が、良い。

よく訓練されているだけかと思ったが、そうだとしても動きが良すぎる。

群《むれ》で感覚を共有している〈蝗帝〉の軍ほどではないが、何か手品があるのだろう。

あるいは、南方の戦線に投入されたという電信という技術を、こちらにも応用したのかもしれない。指揮が迅速《じんそく》に伝わるというのは、それだけでも脅威《きょうい》だ。

グランの口元に、思わず笑みが漏れた。

孫のいる歳になって、まだまだ学ぶことがある。戦争を愛し、戦争に全てを捧げてきたというのに、この性悪な女はまだ汲《く》めど尽きせぬ秘密を隠しているのだ。

先鋒《せんぽう》がドラクゥの旗に近付いたとき、それは起こった。

馬群が急に乱れる。罠《わな》。それだけは、分かった。

勢いのついた馬を止めることはできない。できるのは、水の流れを変えるようにずらしてやることだけだ。

ドラクゥまで、近い。しかし、進まない。

先頭の馬から、怯《おび》えの波が伝わってくる。それも戦気と似たようなもので、感じ取れる者にしか感じ取れない。

「疾《チッ》！」

拍車《はくしゃ》を掛け、馬群を縫《ぬ》う。

前へ。何が起こっているのか、見極めなければならない。

混沌《こんとん》とした馬列を抜けると、不意に視界が開けた。地面に妙なものが見える。

棘《とげ》の付いた、鉄の輪。それが丘の頂《いただき》を囲むように、どこまでも続いていた。

新種の鹿砦《ろくさい》だ。

一列ではない。奥行きを取って、三列。

馬の肢《あし》を傷付けるものだということは、すぐに分かった。これをまともに除くには、歩兵が要るということも。

「疾《チッ》！」

考えるより先に、身体が動いていた。馬も、それを分かっている。

跳躍《ちょうやく》。

並の馬術では越えられぬ距離だろうが、練達の士であれば不可能な距離ではない。

そして〈赤の軍〉は、全員が馬術の名手である。

僅《わず》かに後ろ足が引っ掛かったようだが、気にしない。

〈赤の軍〉も、続く。

後背《こうはい》から、何かが迫ってくる気配を感じた。一瞬だけ、視線を遣る。

〈堅き者《ゴナン》〉だ。

行き足が、速い。こちらの背後から断ち割るように突撃を仕掛けてくる。

馬も幾《いく》らか交じっているようだが、はっきりとは見えなかった。指揮の鮮やかさを見ると、率いているのはタイバンカだろう。

棘《とげ》の輪と、ゴナンによる挟撃《きょうげき》。それがドラクゥの策か。

つまり丘の陣地はまやかしで、最初からこれが狙いだったのだ。

槌《つち》と金床《かなとこ》という、全く基本的な戦術だ。

破れない金床《かなとこ》で敵を拘置《こうち》し、そこを槌《つち》で叩《たた》き潰《つぶ》す。単純にして明快。

しかし、グランは金床《かなとこ》を越えた。

老練な知略で、ではない。騎兵としての、練度によってだ。

この経験は、ドラクゥにとって必ず糧《かて》となるはずだ。

目の前にまた妙なものが現われる。俥《くるま》だ。

そういうものがリザードマンの地にあるというのは知っていた。連結させ、簡易の移動陣地に使うことを考えたのは〈苔生《こけむ》した甲羅〉のキリックという亀族の魔王だ。

その戦術をドラクゥは取り入れたらしい。

俥《くるま》の板壁に穿《うが》たれた矢狭間《やはざま》から、連弩《れんど》が放たれる。

一瞬だけ逡巡《しゅんじゅん》し、避けた。

進路は、俥《くるま》と俥《くるま》の連結部分だ。隙間《すきま》は細いが、馬一頭なら入り込める。

また、跳躍《ちょうやく》。

固定する金具を飛び越えると、丘の頂《いただき》に、懐かしい顔が見えた。

×　×　×

絶対に破られない戦術などない。

そのような当たり前のことは、頭では理解していたはずだが、実際に師を眼前に見るまではどこかで信じていたのだろう。

どんな戦術でも破ることができるという生きた証拠が、ドラクゥの前に迫っている。

ロ・ドゥルガンの防禦《ぼうぎょ》陣地。ラーナが突貫工事で用意した電信。アイザックたち錬金術師の〈鉄の荊《いばら》〉。タイバンカとゴナンの騎馬隊。そして、俥陣《くるまじん》。

考えられる策は全て使ったが、その全てを師は潜《くぐ》り抜けてきた。

今や師とドラクゥは、指呼《しこ》の間《かん》にある。

本陣に突入した〈赤の軍〉は、それほど多くない。旗本《はたもと》たちが、邀撃《ようげき》に動く。

〈万化〉のグランが硬鞭《こうべん》を振り上げる。

ドラクゥは、動かなかった。動けなかったのではない。動かなかった。

床几《しょうぎ》から立ち上がらず、硬鞭《こうべん》の一撃を剣で受け止める。

一合、二合。

三合打ち合ったところで、師が哄笑《こうしょう》した。

「久しいな、ドラクゥ」

「御無沙汰《ごぶさた》を」

声の調子から、グランが昂揚《こうよう》しているのが分かる。

いつも沈着冷静な師が、ここまで感情を露わにするとは思わなかった。

馬上にある姿は、〈廃太子〉として旗揚げする前に見《まみ》えたときよりも、若々しく見える。

戦争が、好きなのだ。どうしようもなく好きで堪《たま》らないのだ。

師の趣味には薄々気が付いていたが、これほどまでとは思わなかった。

「儂の、勝ちかな」

師が、勝ち誇った笑みを浮かべる。

「いえ、私の勝ちです」

ドラクゥが右手を上げると、陣の奥から人熊の群れが現われた。

〈青〉のダッダだ。その肩には、ハツカもいる。

最後の一枚の策。それは、自軍本陣での伏兵だった。

いそうもないところに、いる。それが師兄《しけい》の伏兵だ。

「なるほどな。しかし、ここで退くような儂ではないということは知っているだろう？」

振り下ろされた硬鞭《こうべん》を、すんでのところで避ける。

速い。先程までの攻撃とは、違う。床几《しょうぎ》に座ったまま受けていたら、剣ごと圧《お》し潰《つぶ》されていたかもしれない。

本陣に乱入した〈赤の軍〉の数も、増えている。

ダッダが、吼《ほ》えた。乱戦になる。

本陣の囲いはそれほど広くない。敵味方入り乱れての戦いだ。

智と策のぶつかり合いの最終局面は、単純な押し合いになった。

怒号を上げながらダッダが戦斧《せんぷ》を振るっている。

それを横目に見ながら、ドラクゥも師と打ち合う。戦術の指南の合間に剣の稽古《けいこ》を付けてもらったときとは、剣筋《けんすじ》がまるで違っていた。重く、それでいて速い。

「魔都から、遥々長駆《はるばるちょうく》して、最後が、大将同士の戦いとは、な」

「素晴らしい、戦い、でした」

一合、また一合と打ち合うたびに、腕が痺《しび》れる。

老体と侮《あなど》っていたわけではないが、これは予想外だ。

執念《しゅうねん》、という言葉が過《よぎ》る。一撃一撃に、師の生涯《しょうがい》が込められている。だとすれば、それは真摯《しんし》に受け止めなければならない。

息が上がってきたのではないか、と師が目で問い掛けてくる。

それに痩《や》せ我慢の笑みを返し、ドラクゥは懐《ふところ》から小さな革袋を放った。

一瞬、グランの意識がそちらに向かう。だが、その隙《すき》を突くような真似はしない。

「〈雷撃〉！」

密《ひそ》かに修得していた、〈雷撃〉の魔法を使う。

と言っても、落とすのは極小の雷だ。狙いは、革袋である。外れるはずもない。

破裂音が本陣に響き、焦《こ》げ臭いにおいが辺りに立ち込める。

〈火精《かせい》の秘薬〉だ。

その音に、〈赤の軍〉の馬は嘶《いなな》き、棹立《さおだ》ちになる。

「ドラクゥ！」

叫びながら、師が馬から転げ落ちる。

立ち上がるのを待ってから、斬りかかった。硬鞭《こうべん》は、断ち切れない。

しかし、攻守は変わった。師の硬鞭《こうべん》術は、馬上のものだ。馬から下りれば、ドラクゥと力量は拮《きっ》抗《こう》する。

剣と硬鞭《こうべん》で打ち合いながら、師と弟子は視線だけで会話を続けていた。

「卑怯《ひきょう》とは言わんぞ、ドラクゥ」

「〝策の多い方が勝つ〟というのが師の教えでしたので」

「大したものだ。魔法まで使ってくるとはな」

「それだけ追い詰められたということです」

「全ての策を使わずに倒せると思われるとは〈万化〉のグラン・デュ・メーメルの武名も地に落ちたものよ」

「〝どんな敵でも侮《あなど》るな〟という師の教えです」

「……良い教えだ。そして、よくぞ師の教えを守っている」

次第に、形成が明らかになってくる。

師の硬鞭《こうべん》が、ドラクゥの剣を受けきれなくなってきていた。

一対二で、戦っているようなものなのだ。〈万化〉のグランは眼前のドラクゥと同時に、老いという難敵とも戦っている。

そして、永劫《えいごう》に続くとも思えた剣舞にも終わるときがやってきた。

崩れたのは、膝《ひざ》だ。

師が倒れる。それは、呆気《あっけ》ないほどの幕切れだった。

ドラクゥは一瞬だけ逡巡《しゅんじゅん》し、剣を突き付ける。

「王手です、先生」

「それを言うなら、ずっと儂が王手だったよ」

勝ったというのに、胸が締め付けられるように、痛い。

奥歯を噛《か》み締めるドラクゥとは対照的に、グランの表情は朗《ほが》らかで、爽《さわ》やかだ。

ダッダと〈赤の軍〉の戦いも、概《おおむ》ね決着がついたようだ。

互いに満身創痍《まんしんそうい》だが、立っている数は人熊の方が多い。

「……先生、こちら側に、来ませんか？」

振り絞《しぼ》るように問う。だが、答えは最初から分かっていた。

「断る」

口調は、きっぱりとしている。

「三族誅滅《ちゅうめつ》のためですか？」

「それもある。いや、それが理由だということにさせてくれ」

他に理由があるのか、ドラクゥには分からない。

ただ、師が満足していることだけは、その表情から伝わってくる。

師と戦い、勝った後にどうすればいいのか。

ずっと対峙していたのに、そのときのことを全く考えていなかったことに愕然《がくぜん》とする。

このまま、魔都に帰すことはできなかった。

再度戦うのが恐ろしいのではない。

師に、恥辱《ちじょく》に塗《まみ》れた最期を迎えて欲しくないからだ。

今は泣くべきときではない。それでも、喉《のど》の奥まで慟哭《どうこく》がせり上がっているのがはっきりと分かった。

本陣の中には、異様な静けさが漂っている。

敵も味方もただ、ドラクゥとグランだけを見つめていた。

視線の先で、師の耳がぴくりと動く。

片角の欠けた師は、人差し指でドラクゥの剣を押すと、ゆっくり立ち上がった。

「済まんがドラクゥ。最後の仕事ができた」

「最後の仕事?」

「ああ」

グランが、丘の麓《ふもと》を指差す。

そこには、獣王の軍が攻め寄せつつあった。

第六章　夢幻ノ如シ

卑怯《ひきょう》だ、という考えはほとんどなかった。

むしろ、こうでもしなければ倒せない相手だ、と思っている。

だからリ・グダンは、この進軍に異を唱えなかった。積極的に賛成さえしたのだ。

その見返りとして、〈西の獣王〉から幾《いく》らかの兵を預けられた。

必死に鍛《きた》え上げた部隊は、もう残っていない。生きているのは、オクリ神に助けられたリ・グダン自身とカルティアだけだ。それほどまでに、〈赤の軍〉は強かった。

今回の進撃の決め手になったのは、誰かの入れ知恵だという噂《うわさ》もある。

シェイプシフターの奸計《かんけい》だとも、〈皇太子〉レニスの腹心の策だとも言われていた。実際にそういう者を見たという話も聞く。

だがそんなことは、リ・グダンにとってはどうでもいい。

どうやってドラクゥと、グランを倒すかだ。

草原を埋《う》めるようにして、獣王の軍が進む。

途中で現われた〈赤の軍〉の分遣隊《ぶんけんいたい》五〇〇〇には、一万の兵を当てていた。倒そうとは考えていない。精強をもって知られる〈赤の軍〉を、諸部族連合の兵がどうこうできるはずがないのだ。その場で拘置《こうち》させることが目的だった。

相争うドラクゥとグランを、六万の兵で襲う。それが〈西の獣王〉ガルバンドの策だった。

いや、策と呼べるほど高尚なものではない。ただ、力で叩《たた》き潰《つぶ》す。そういう戦い方の方が、小細工はかえって通じないものだ。

その一隅《いちぐう》を、リ・グダンは占めている。与えられた兵は一〇〇〇と少ないが、この戦いで功を上げようと逸《はや》る若者だけを集めた、良い部隊だ。

これならば、良い働きができるかもしれない。そういう気合いが、充溢《じゅういつ》している。

遠目に見えていた丘陵《きゅうりょう》が、次第に近付いてきた。

事前に獣王から伝えられていた情報の通り、ドラクゥとグランは雌雄《しゆう》を決するつもりになったようだ。今まで長々と対峙していたが、決戦となると速い。

既に趨勢《すうせい》は決したのだろう。丘一つを使った陣は、不気味《ぶきみ》に静まり返っていた。

「カルティア。どっちが勝ったと思う？」

「〈万化〉のグラン・デュ・メーメルでしょう。あの老将には底知れぬ恐ろしさがあります」

「そうだな。グランは強い」

だが、それでもドラクゥは生きている。そんな確信が、リ・グダンにはある。

理屈ではない。生きていなければならないという、強い思い込みだ。自分でも、痛いほどよく分かっている。

ドラクゥだけは、必ず自分の手で倒さなければならない。そういうある種の妄執《もうしゅう》のようなものだった。成し遂げなければ、自分は自分に戻ることができない。

「……あれは何だ？」

丘陵《きゅうりょう》を、何かが駆け下りてくるのが見えた。目を細めると、小さな馬群に見える。

斜面を下《くだ》るに従って、次第に兵の数が増えていく。すると、黒い粒にしか見えなかったそれが、段々と赤い色を帯びていった。

「〈赤の軍〉か！」

勝敗は分からないが、〈赤の軍〉は健在らしい。

草原で食い止めている五〇〇〇と、オルビス・カリスにも分遣隊《ぶんけいたい》がいるという報告は受けている。つまり、丘からこちらに向かっている〈赤の軍〉は、最大でも一万といったところだろう。

〈赤の軍〉が一万と、〈西の獣王〉の軍が、六万。

鍛《きた》え上げられた騎兵とはいえ、六倍の軍には勝てるはずがない。

まして、〈赤の軍〉はドラクゥとの死闘を終えたばかりなのだ。動ける数も、最大で一万程度というだけで、実際には数千が良いところのはず。

獣王の本隊から太鼓《たいこ》の音が聞こえる。それに合わせてゆっくりと陣形が変わりはじめた。

敵騎兵を数で侮《あなど》らず、竜鱗の陣で迎え撃つ。そういう策のようだ。

一枚一枚の鱗を撃ち破ることができても、それが一〇枚二〇枚となると、簡単には断ち割ることができなくなる。大きく一纏《まと》まりになっているよりも、遥《はる》かに突破しにくい形になるのだ。

歩兵が、長槍《ながやり》を構える。

数千の騎兵が一匹の手負いの獣となり、そこに飛び込む。

罠《わな》のようなものだ。どれだけ強力な騎兵でも、六倍の兵で組む竜隣の陣を相手にすれば、たちどころに身動きが取れなくなる。

そんなことは、子供にだって分かることだ。

それなのに。それなのに何故《なぜ》、リ・グダンの膝《ひざ》は震えているのか。

カルティアの羽根が忙《せわ》しなく羽ばたいているのか。

先頭が、ぶつかった。喊声《かんせい》は後方で竜鱗を組むリ・グダンの耳にも聞こえる。

味方の鬨《とき》の声が、一瞬で悲鳴に変わった。

一枚目。

これは予想していたことだ。丘から駆け下りて行き足の付いた騎兵の逆落《さかお》としを、まともに受けたのだ。想定内の損害だった。

二枚目。これも、撃ち破られるべくして撃ち破られた。相手は〈赤の軍〉なのだ。

三枚目と敵がぶつかるところで、左右から攻め上げる。そういう調練を積んでいた。

太鼓《たいこ》の音も、そうすべきだと伝えている。

だが、止まらない。四枚目。五枚目。そして、六枚目。

一〇〇〇の兵で組む竜鱗が、六〇枚。横に一〇列並んでいるので、六枚破られれば、後背《こうはい》に抜ける。

「向きだ！　向きを変えろ！」

リ・グダンが叫ぶより前に、衝撃が来た。先頭には、片角の人山羊。

グランだ。

〈万化〉のグラン・デュ・メーメルが、硬鞭《こうべん》を振り上げて突入してくる。

衝撃。獣王から与えられた兵が、涜皮紙《とくひし》でも吹き飛ばすように蹴散らされていく。

一瞬、リ・グダンとグランの視線が交差する。

その瞳《ひとみ》に湛《たた》えられているのは、まごう事なき憤怒《ふんぬ》の色だった。

敵将であるリ・グダンには、何の価値も見出していない。そういう目だ。

鱗は食い破られ、怒号と悲鳴があちこちで上がる。

〈赤の軍〉の兵も、減ってはいるのだ。

鎧《よろい》を赤く染めるのは、自分の血の色に怯《ひる》まないためだという噂《うわさ》は、本当らしい。

失血し、落馬する兵もいる。

それでも、〈赤の軍〉は止まらない。獣王軍の腸《はらわた》を良いように食い破りながら、何度も何度も突入と脱出を繰り返す。

獣王に、打てる手はない。竜鱗の陣は、一度組んでしまえば別の陣に変えるのに酷《ひど》く手間がかかるのだ。

リ・グダンにできることは、混乱の隙《すき》をついて、カルティアとともに密《ひそ》かに陣を離れることだけだった。

×　×　×

駆けている。その感覚だけが、グランを動かしていた。

硬鞭《こうべん》を振るい、眼前の敵を叩《たた》き伏せる。そんな力が老軀《ろうく》の何処《どこ》に残っていたのか、グラン自身にも分からなかった。

自分が、自分であって自分でない。

そういう不思議な感覚の中で、馬を走らせている。身体は若かった頃のように軽い。

身体とはこんなにも軽かったのか。硬鞭《こうべん》も、自由自在に操ることができる。

獣王の組んだ竜鱗陣を一枚ずつ砕いていく。

敵の数は六万。一枚の鱗が一〇〇〇の兵からなっているとして、六〇。対してこちらは五〇〇〇といったところか。

〈赤の軍〉でも、この差は覆《くつがえ》らない。まして、こちらは手負いの獣だ。

平時でも厳しい勝機を、今の状況で掴むのは無理というもの。

それでも、グランは駆ける。

竜鱗陣は堅牢《けんろう》な陣形だが、動きは鈍《にぶ》い。一度形を決めてしまうと、よほどの良将でもなければ何もできない陣形だ。しかし、騎兵の突撃に耐えるにはこうするより外《ほか》ない。

そんな考えが、これまでの常識だ。だが弟子のドラクゥは、常識を見事に覆《くつがえ》した。

電信や〈鉄の荊《いばら》〉という新技術を、古い戦術と組み合わせる。

竜鱗陣を組むことしかできなかった戦術を、ドラクゥは変えてみせたのだ。

戦場に、生きてきた。生涯《しょうがい》の全てだと言っても良い。

魔界における古今東西の戦いは、可能な限り調べた。

将軍の能力や性質も、ほとんど把握《はあく》している。それらを自分の頭の中で組み合わせ、必勝を自らに課してきたのだ。

そのグランが、敗れた。

理由は、自分の頭の中に入っていない戦術を使われたことだ。一つや二つであれば、補いも付く。

だがドラクゥはそれを、次々に繰り出してみせたのだ。

かつては、臨機応変な戦い方ができる弟子ではなかった。

成長したのだ。少し見ない間に、弟子は大魔王へと成長していた。

自分で育て上げた雛《ひな》が鳳凰《ほうおう》の如《ごと》く成長して、自分を打ち負かす。

これほど美しい結末があるだろうか。いや、ない。

将として、師として、自分の終わり方にこれ以上のものがあるはずはないのだ。

自分の望み続けてきた、最良の最期を、弟子は贈ってくれた。

それに、獣王は水を差したのだ。許せるはずがない。

戦争を私物化してまで得た至上の敗北に、泥を塗るような獣王のやり方に、グランは心の底から腹を立てていた。

誰の差し金か、見当は付く。シェイプシフターか、〈皇太子〉レニスか、〈北の覇王〉ザーディシュか。あるいはその全てなのだろう。三方から甘言《かんげん》を吹き込まれて自制心を保てるほど、当代の〈西の獣王〉は出来物ではなかったということだ。

獣王の器を、大きく見過ぎていたらしい。決着がつくまで手は出さないと信じていた。

もしかすると、そこにグラン自身の期待が紛《まぎ》れ込んでいたのかもしれない。予想を願望で曇《くも》らせるとは、どうやら〈万化〉のグランも焼きが回ったとみえる。

硬鞭《こうべん》が唸《うな》り、目の前の敵が吹き飛んだ。

もう何枚の鱗を剥《は》いだか分からない。いつの間にか、腹に矢を受けていた。

血を、失っている。助からない量だということは、分かっていた。

それでも、馬を駆けさせる。意識は、益々明瞭《ますますめいりょう》になっていく。視界だけが、霞《かす》む。

横を駆けているのは、アルカスだった。

右にしか硬鞭《こうべん》が振るえなくなったグランを庇《かば》うように、左に付く。

魔都で引き合わされるまでは、言葉を交わしたこともなかった。今や、十年も二十年も連れ添った戦友のように、轡《くつわ》を並べている。

死なせるべきではない。ごく自然に、そう思った。

そのとき、はじめて自分がこれから死につつあるのだということに、気が付く。

また、矢が刺さった。左の肩口だ。もうあまり、長くは戦えないだろう。

痛む左手に〈万化〉の銘《めい》が彫《ほ》られた硬鞭《こうべん》を持ち変え、アルカスに手渡す。

馬上のアルカスは、不思議そうな、そして、今にも泣きそうな表情を浮かべた。

「これを、孫に」

言葉少なく、硬鞭《こうべん》を託す。

事前にアルカスとは相談していたことだ。それで、通じる。

いや、ジャンのことは相談していたが、アルカスの処遇についてはあえて何も言っていなかった。アルカス自身、ここで身を捨てる覚悟だったのかもしれない。

「せめて、剣を」

アルカスは腰から予備の剣を引き抜き、手渡してくる。

右手に持ち替え、振ってみた。悪くはない。最後の最後をともに戦う剣は、武骨な方が良い。そういう妙な美意識が、グランの中に芽生《めば》えている。

「それではな、アルカス。達者《たっしゃ》で」

「〈万化〉のグラン将軍も、お達者《たっしゃ》で」

そう言われてグランは小さく首を振り、顎《あご》をしゃくって硬鞭《こうべん》を指した。

「儂はもう〈万化〉のグランではないよ。ただのグランだ。グラン・デュ・メーメルだ」

会話はそれで終わらせ、馬に拍車《はくしゃ》を掛ける。

呆気《あっけ》にとられるアルカスを尻目に、敵の最も密集した辺りに馬の鼻先を向けた。

思ったより多くの兵が、こちらについてくる。

近衛《このえ》が守るべきは大魔王だろうに、と文句の一つも言いたくなったが、それは止《や》めた。

今のグランは〈万化〉のグランではない。ただの一騎の騎兵に過ぎないのだ。

頬《ほお》で風を感じながら、剣を振るう。

鱗を剥《は》がすのは、もう止《や》めた。何枚剥《む》いだところで竜は死なない。

殺すには、心の臓腑《ぞうふ》を一突きにするだけだ。

獣王の陣の場所は、すぐに分かった。巨大な旗が、はためいている。

喊声《かんせい》を上げ、突っ込んだ。後ろから、〈赤の軍〉が圧《お》してくれるのが分かった。

斬り裂き、突き、潰《つぶ》す。

本陣に近付くにつれ、敵の抵抗が強くなった。槍《やり》が、馬の腹を穿《うが》つ。

左肩を庇《かば》うようにして、転がった。取り囲もうとする兵の足を斬り付け、立ち上がる。

口元に浮かんだ笑みは、自嘲《じちょう》からだけではない。

なんだ、意外と楽しい戦争ではないか。そんなことを思いながら、剣を振るう。

獣王の傍に侍《はべ》っていた虎の魔王が、戦斧《せんぷ》を叩《たた》きつけてきた。耐え切れずに剣が折れる。

手近な敵から短槍《たんそう》を奪い取り、胸を突き刺した。虎の魔王の表情が苦悶《くもん》に歪《ゆが》む。

槍《やり》は、抜けない。

諦《あきら》めて戦斧《せんぷ》を拾おうとするが、左肩が上がらなかった。その隙《すき》に、周りの兵が押し包んでくる。

地面に落ちていた剣を拾い上げたところで、背中に痛みが走った。

何が起こったのか、分からない。ただ、振り向きざまに剣を振るった。

刺してきたのは、獣王の旗本《はたもと》だったらしい。自分の仇《かたき》は、始末できた。

〈赤の軍〉の残党がこちらに突っ込んでくるのが、霞《かす》んで見える。

最後の最後に来て、面白い戦争だった。

崩れ落ちるようにして、草原に倒れ込む。

秋の空はどこまでも高かった。

×××

辿《たど》り着いたときには、全てが終わっていた。

獣王軍が引き揚げるのを、ジャンは馬上からただ見ている。

撤退なのか、敗走なのか。獣王軍の撤収は、判然としない。相当の損害を受けていることだけは確かだが、それでもまだ、ドラクゥと戦うだけの余力は残しているように見えた。

にも拘《かか》わらず退いているということは、何かがあったのだろう。

相手を圧倒する戦力で臨んだときには、些細《ささい》な瑕疵《かし》でも許せないことがある。ジャン自身にも経験があった。匪賊《ひぞく》討伐に十分な戦力を投じたのに、思わぬ損害を被ったのだ。作戦は継続すべきだったが、部下の戦意低下はそれを許さなかった。

獣王の軍の整然とした移動は、そういう予想外の被害を思わせる。

祖父はどこにいるのだろうか。デュ・メーメルの旗が、見当たらない。

オルビス・カリスに急使が辿《たど》り着いてから、休みなく駆けてきた。替え馬も、疲れ果てている。

それだけの強行軍だった。休んでいた五〇〇〇騎も連れてきている。

はじめは、ドラクゥとの交戦が始まった、という報《しら》せだった。何かの間違いではないか。三度、軍使を問い質《ただ》した。間違いないことが分かると、次に去来したのは置いていかれたという思いだ。

それが、使いの持ってくる文の内容は次第に変わり、ついには獣王と戦っているというものになった。

赤い軍装の騎兵が駆けてくる。アルカスだ。

手には、持っているはずのないものを、持っている。

「アルカス。グラン将軍は、どちらにおられる？」

「……立派な、お最期でした」

「莫迦《ばか》を言うな、アルカス。南征軍の軍監だ。グラン・デュ・メーメル将軍ともあろう名将が、軍監の見ていないところで死ぬわけがない」

アルカスは、黙って手にしていたものを差し出した。ジャンは目を背《そむ》けようとするが、できない。銘《めい》を確かめるまでもなかった。それは紛《まぎ》れもなく、祖父グラン・デュ・メーメルが長年愛用してきた硬鞭《こうべん》、〈万化〉だ。

受け取り、持ち重《おも》りを確かめる。

手にしっくり馴染《なじ》むのは、ジャンの硬鞭《こうべん》〈千変〉と元は一対の双鞭《そうべん》だったからだ。

まだ温かい。その温もりが段々と消えていく。

「ジャン将軍に、言伝《ことづて》がございます」

「言伝《ことづて》？」

「はい。グラン将軍からは、ドラクゥ様との決戦の後ジャン将軍にお伝えするように、とのことでした」

瞑目《めいもく》し、天を仰《あお》いだ。

計画通りだったというわけだ。

オルビス・カリスの軍を呼び集めてから決戦に臨まなかったのは、偶発的にドラクゥ軍との戦いが始まったからかもしれない。そういう淡い期待を抱いていた。

アルカスの言葉は、それを否定している。

最初から、ジャンは生き延びる予定になっていたのだ。その前提で、〈万化〉のグランは全てを組み立てていた。〈赤の軍〉も最低五〇〇〇は、残る。

ドラクゥに降《くだ》れ、と言うのだろう。

そんなことは言われずとも、ジャンには分かる。ドラクゥとレニス。どちらが戴《いただ》くべき大魔王であるかなど、考えるまでもない。

〈北の覇王〉への恩義は、今も感じている。ただそれも、虚しくなった。

祖父への反発をザーディシュが利用していることには、気付いていたのだ。それでもなお、取り立ててもらったという恩義はある。

だが、迷いはない。

グランが、祖父がドラクゥに降《くだ》れと言うのなら、それに従う。ジャンの気持ちはすでに固まっていた。魔都を出てからの戦いの中で祖父が教えてくれたことを役立てたいという気持ちの方が、今は大きかった。

気持ちを整え、アルカスの目を見る。アルカスも、緊張しているようだ。

「どうしたアルカス。早く言ってくれ」

「では、お伝えします」

「ああ、頼む」

「……〝自由に生きろ〟です」

「続きは？」

「ありません。これだけです」

二つの硬鞭《こうべん》を、握り締めた。

祖父のことを厭《いと》っていると言いながらも、無意識の内に頼っていたらしい。

武官として生きてきた。歩む道は、いつも誰かから示される生き方だったと思う。

自分で決めたことと言えば、武官になるということだけだ。

それが、窮屈《きゅうくつ》だと思ったことはなかった。当たり前だとさえ思っていたのだ。

顔を上げると、目の前には草原が広がっている。

そこに、画《かく》された道はない。ただただ、無限の緑が地平の果てまで広がっているように見えた。

この光景は、祖父の残してくれたものだ。

双鞭《そうべん》を振り、ジャンは麾下《きか》の〈赤の軍〉に向き直った。

「これより〈千変万化《せんぺんばんか》〉のジャン・デュ・メーメルは〈大魔王〉ドラクゥに降《くだ》る」

思ったよりも、声が朗々《ろうろう》と響いた。声音《こわね》が、どこか祖父に似ている。錯覚《さっかく》かも知れないが、そう感じた。勘違《かんちが》いであっても、それは嬉しいことのようだ。

「異議のある者は、去れ。追うことはしない」

宣言すると、すぐに騎兵たちが唱和する。

「異議なし！　異議なし！　異議なし！」

「この若輩《じゃくはい》に、付いて来てくれるか！」

「ジャン将軍！　ジャン将軍！　ジャン・デュ・メーメル！」

手槍《てやり》を掲《かか》げ、それを喪《うしな》った者は拳《こぶし》で天を突く。

敗軍のはずだったが、意気は勝ったはずの獣王軍よりも高い。

獣王軍の足止めをしていた五〇〇〇騎の残党も加われば、一万数千はまだ残っている。

手負ってなお、〈赤の軍〉はその精鋭ぶりを損なっていない。

「ジャン将軍、丘の上の陛下《へいか》に謁見《えっけん》を申し込みますか」

「そうしよう」

「しかし、大魔王陛下《へいか》のもとに近衛《このえ》が合流するのです。恥ずかしくないように身支度《みじたく》などは必要ありませんか？」

アルカスの問い掛けに、ジャンは大笑《たいしょう》で答えた。

「騎兵に戦塵《せんじん》以上の身支度《みじたく》はあるまい」

ジャンが号令を掛けると、兵たちは即座にそれに応《こた》える。

〈赤の軍〉は、騎兵であれば、武官であれば、誰もが斯《か》く在りたいと望むような完全な隊列で整然と丘を登っていった。

×××

屋敷の門には、巨大な家紋が掲《かか》げられていた。

筆の交叉《こうさ》した紋はオークの名門、デル・アーダ家のものだ。

魔都でも大魔城にほど近い一等地に、これだけの屋敷を構えられる家はそれほど多くない。まして、それが武に関わる一切に携わることを禁じられたオークであれば、なおのことだった。

かつてこの門前は、連日陳情の列で埋《う》まっていたものだ。

久方ぶりに屋敷を訪《おとな》った〈白髪姫《はくはつき》〉ラコイト・デル・アーダは、昔日《せきじつ》の光景を懐かしく思い出していた。

曾祖父《そうそふ》であるダーモルト・デル・アーダが全ての顕職《けんしょく》から退いた後、ここは単なる隠居屋敷と化していたのだ。それがここ数カ月の間、にわかに騒がしくなった。

ダーモルトは往年の有能ぶりから全く衰《おとろ》えを感じさせない身軽さで魔都を飛び回り、ほとんど身一つで南征軍の兵站《へいたん》、輜重《しちょう》その他を賄《まかな》ってみせたのだ。

当然、屋敷を訪《おとな》う者の数も増えた。

文官や豪商、酒保《しゅほ》商家は言うに及ばず、武官、傭兵《ようへい》連隊長、馬借《ばしゃく》、船頭から、果ては金貸しまで、恐ろしく幅広い層と数の客がこの門を潜《くぐ》ったという報告を、ラコイトは受けている。

魔都の重鎮《じゅうちん》の動静を監視する部局では、デル・アーダ邸のためだけに新たな員数《いんすう》を増やす必要に迫られたという噂《うわさ》まで立っていた。

その曾祖父《そうそふ》が、今度は急に沈黙したのだ。

数日前まであれほど賑《にぎ》わっていた門前には誰もおらず、網《あみ》を打てば小鳥が取れそうな寂《さび》れ方である。元に戻った、と言えばそれまでだが、あまりに不審だ。

誰か他の者に見に行かせるという選択肢もあった。だが、ラコイトは自ら足を運ぶことを選んだ。何か妙な動きがあったとき、決定的な証拠は自分で隠滅《いんめつ》したいという思いがあったのかもしれない。

文官としての考え方では対立することも多かったが、肉親としての情がないわけではない。何と言っても、デル・アーダ家は幾度《いくど》かの政争を経て、ダーモルトとラコイトとを残すだけなのだから。

三度呼び鈴を鳴らしたところで、現われたのは曾祖父《そうそふ》自身だった。

以前は顔と名前を一致させるのにも苦労するほどの家令《かれい》や手伝いがいたはずだ。ダーモルト自身が出てくるということは、その全てに暇を出したのだろう。いよいよ、何かがあるらしい。

「ラコイトか、珍しいな」

「デル・アーダ邸の相続権は私にあります。訪問することに問題はないと思いますが」

「ああ問題はないとも。立ち話もなんだ。入りなさい」

そう言って慣れない手つきで門扉《もんぴ》を開ける曾祖父《そうそふ》の服装は、部屋着ではなかった。強《し》いて言うなら旅装だろうか。ただそれも、どこか妙にちぐはぐな印象がある。旅慣れていない者があり合わせで準備をしているような格好《かっこう》だ。

「数日前とは打って変わって、随分な静けさですね」

「これが当たり前なのだ。儂は隠居した元文官に過ぎん」

「ただのご隠居が独力で南征軍の兵站《へいたん》を支えられるとは思えませんが」

「独力ではないさ。死にゆく爺《じじい》のために、香典《こうでん》を先払いしておこうという善意の篤志家《とくしか》が魔都には大勢いたというだけのことだ」

昔の貸し借りを使って、ダーモルトは本当に恐るべき量の物資を調達していた。元手となる資金がどこから出ているかは調べ切れていないが、思いもよらないところからも取り立てている。老いてなお、辣腕《らつわん》は健在だった。

「祟《たた》られたくなかったからでは？」

「祟《たた》りなどと莫迦莫迦《ばかばか》しい。だが、それも店仕舞いだ」

「後はグラン将軍が独自で兵站《へいたん》をどうにかする、と」

「儂は頼まれた分の糧食《りょうしょく》を運んだ。まだまだ戦い続けるのなら、細々としたものの補給は要るだろうが、糧食《りょうしょく》だけはかなりの量をオルビス・カリスに蓄《たくわ》えてある」

「そして一仕事終えた曾祖父上《おじいさま》は、旅行にでも行かれるのですか？」

長い前庭を歩きながら、問い掛けてみる。

軽く鎌をかけるようなつもりだったが、意外にも返ってきたのは核心を衝《つ》いた答えだった。

「その予定だ。随分長くなりそうだな。パザン、アルナハ、下手をすると人界にまで出張ることになるかもしれん」

「なっ！」

「大魔王陛下《へいか》のところにご厄介《やっかい》になろうと思っていてな」

「どういうことですか？」

これは見過ごせない発言だ。公の場での発言であれば、叛意《はんい》と取られかねない。ここが私邸で、聞いているのが曾孫娘《ひまごむすめ》でなければ、その場で討ち取られても文句の言えない種類の言葉だった。それを知らないダーモルトではないはずだ。

「どういうおつもりですか！」

「どういうつもりかは、儂自身にもよく分からんな」

「分からないなら、何故《なぜ》」

今ならまだ翻意《ほんい》させることができるかもしれない。

止めようとしながら、ラコイトは自分自身に問い掛ける。止めようとしているのは曾祖父《そうそふ》のためか、それとも自分のためか。ここで身内から叛徒《はんと》が出たとなれば、〈北の覇王〉に徴用されなくなるかもしれない。そういう打算はないだろうか。

妄念《もうねん》は、すぐに振り払った。〈白髪姫〉ラコイト・デル・アーダは優秀だ。優秀だからこそ、ザーディシュの横にいる。些細《ささい》な問題でときめかなくなることなど、有り得ない。

「羨《うらや》ましかったのかもしれんな」

「羨《うらや》ましい？　誰がですか？」

「〈万化〉のグラン・デュ・メーメルが、だな」

「南征軍の、ですか。騎兵だけの編成で善戦していると聞きましたが」

「善戦などという言葉を、お前は使うべきではないよ。今回の戦《いくさ》について、大魔城はグランに枷《かせ》こそ嵌《は》めさえすれ、役に立つことは何一つしてやらなかったのだから」

「それは……」

「分かっている。政治だよ。あれもそれも全て。だが儂は、グランが羨《うらや》ましい」

〈赤の軍〉の派遣はザーディシュの策ではない。そんなことはダーモルトも知っているはずだが、それをここで口にできないのは少し悔しかった。

「……逝《い》ったよ、グランは」

「……えっ」

南征軍の総指揮官が死んだとなれば、重大事だ。

だが、そのような情報はまだラコイトの耳に入っていない。前日までの連絡では、ドラクゥとの膠着《こうちゃく》が続いているということだったはずだ。

ラコイトが知らなければ、魔都に情報は届いていない。そういう情報の体制を、ザーディシュの下でラコイトは築いていた。

「良い死に場所を得た。それが、羨《うらや》ましい」

「そのような報告はまだ、受けておりません」

「そうだろうな。魔都の情報網では、そうだろう」

「魔都の情報網より早く報《しら》せを得ることなどできるはずがありません」

ラコイトの言葉に、ダーモルトが少し悲しそうな表情を浮かべた。

「自分の築いたものを信じるのは大切だが、世の中は広いということを知るべきだな」

「しかし、現実です」

「現実など、自分がどう見たいかによって変わる。大魔王家のダークエルフ、〈淫妖姫〉のシェイプシフター、どちらも、文官の作った情報網より精密で素早い」

「曾祖父上《おじいさま》はそのどちらも持っておりません」

「武官は先読みに長《た》けていないと名将にはなれんそうだが、その名将の注文を聞く文官はもっともっと先を読まねばならんのだよ」

上手くはぐらかされた。結局は、単なる勘《かん》ということだろうか。

曾祖父《そうそふ》があやふやなことで誰かの生死について言うはずはないから、早馬か何かで報《しら》せを得たのかもしれない。

話術で上位に立つという技術において、魔界で曾祖父《そうそふ》に勝てる者などいないのだ。そう考えると、これまでの会話全てが捉えどころのないもののように思えてくる。

案内された邸内は、とても静かだった。

本当に雇用していた全ての者に暇を出したらしい。調度の類《たぐい》も換金しやすそうなものは処分してしまったようで、残っているのは年代物だがあまり値打ちのなさそうな骨董《こっとう》ばかりだ。

曾祖父《そうそふ》が手ずから淹《い》れたあまり美味《うま》くない茶を啜《すす》りながら、ラコイトは切り出す。

「それでは、曾祖父上《おじいさま》はドラクゥのところへ死に場所を探しに行くということですか」

「莫迦《ばか》を言うな。まだまだ身体が動くことも分かった。もう一仕事するのに、どこで働きたいかということだ」

「復職すれば良いではありませんか」

「そして曾孫娘《ひまごむすめ》の下で働くのか？　さすがにそれはな」

言葉を弄《もてあそ》んでいるが、ダーモルトの真意は分かっていた。〈皇太子〉レニスに仕えるつもりがない。引いては〈北の覇王〉の風下につくつもりがないということだ。

誘いは何度も掛けていた。ザーディシュ自らが頼んだことさえある。それでもダーモルトが首を縦に振らなかったのは、〈皇太子〉レニスの血統のことだけが原因ではない。

大魔城に蔓延《はびこ》るやり口に、飽《あ》き飽《あ》きしているのだ。ドラクゥを〈廃太子〉へと貶《おとし》めたのは文官たちだったが、それを止められなかったことを悔いているようでもあった。

自分で淹《い》れた茶の味が気に入らないらしく、ダーモルトが顔を顰《しか》める。

このまま行かせていいのか。行かせるべきではない。だが、魔都に留まるのもまた、危険だった。

「ああ、そう言えばラコイト。一つだけ聞きたかったのだが」

「なんですか、急に」

「儂が出奔《しゅっぽん》したら、お前は三族誅滅《ちゅうめつ》の対象になるのかな？」

「それは……」

痛烈《つうれつ》な皮肉だ。グラン・デュ・メーメルを縛《しば》るために持ち出した古い法だが、厳密に適用すればとんでもないことになる。これは〈皇太子〉レニスの腹心、シーナウが提案した便法《べんぽう》だったが、実に面倒な法律だった。

ダーモルトの曾孫《ひまご》であるラコイトはちょうど三親等。曾祖父《そうそふ》が出奔《しゅっぽん》すれば、裁かれなければならない。

当然、そんなことになるはずはないのだ。法を自分たちに都合良く枉《ま》げてしまえば良い。それを曾祖父《そうそふ》は皮肉っている。オークの巨体に似合わぬ深い知性を湛《たた》えた瞳《ひとみ》は、そうまでして支えるべき政権かと問い掛けているかのようだ。

「ラコイト、お前は儂の自慢の曾孫《ひまご》だ。きっと上手く切り抜けるだろう。息災でな」

「本当に、行かれるのですか？」

「この老体には、嵐は堪《こた》える」

嵐という言葉に、ラコイトは思わず息を呑《の》む。気付かれていたのか。

「今回の一件では人蝙蝠のバルバベットが随分と動き回っていたそうだな。レニスに仕えている振りをして、その実はザーディシュの手駒《てごま》だったわけだ」

「よくご存知で」

「甘く見るなよ、ラコイト。これでも昔は魔都のことで知らぬことはなかった身だ」

ダーモルトの言う嵐とは、粛清《しゅくせい》のことだ。

バルバベットを使って〈皇太子〉レニス派を裏から探らせた。〈北の覇王〉を排除し、大魔王親政を敷こうという目論見《もくろみ》も、概《おおむ》ね証拠は掴《つか》めている。

大魔王に就《つ》いたときに便宜《べんぎ》を図《はか》るという名目で、あちらこちらから活動資金を得ていたことも、全て掴《つか》んでいた。

「レニスをどうする。祭り上げておいたものを放り捨てることはできんだろう」

「〈皇太子〉ではなくなるだけです」

「ほう。また〈廃太子〉にするのかな。陛下《へいか》のときと同じように」

曾祖父《そうそふ》が陛下《へいか》という言葉を使ったことを、ラコイトはあえて無視する。気持ちは既にドラクゥのところへ行っているのだ。ならばもう、止めることはできない。

「いえ。即位していただきます」

「思い切ったな。ここまで引き延ばしたというのに」

「待ち過ぎたほどです。その間停滞していた政治を、一気に前進させる。そのためにも、レニス殿下には必ず即位していただく」

「ますます手が付けられなくなるのではないかな。あの殿下には淫魔《いんま》の血が流れているという話だ。耳元で囁《ささや》けば心を操ることさえできるというが」

それは、秘中の秘だった。潜入させたザーディシュ派の密偵《みってい》が次々と寝返るので、音に抵抗のある人蝙蝠のバルバベットを使わざるを得なかったほどだ。能力には問題があるが、あの男は中々巧《うま》く立ち回ってくれた。

「即位はしていただきますが、全てを文官に委《ゆだ》ねていただきます」

「文官に、ではなくザーディシュに、の間違いだろう」

「些細《ささい》な違いです」

本当は些細《ささい》な違いではない。ザーディシュの構想では、ほとんど大魔王と同じだけの権能を〈北の覇王〉が臨時に握ることになる。臨時とは言うが、期限の取り決めはなかった。

腹案を聞いた文官の中には、簒奪《さんだつ》には加担できないと職を辞した者さえある。

「君臨すれども統治せず、か」

「勝手に動かれ過ぎたのです、殿下は」

「おいおい。ザーディシュ派の担《かつ》いだ次期大魔王候補ではないか。そういう言い方はさすがに可哀想だぞ」

「何とでも仰《おっしゃ》ってください。全ては決まったことです」

今頃、シーナウをはじめとする〈皇太子〉派は全員が逮捕《たいほ》されているはずだ。

罪状は限りなく怪しいが、死刑か終身刑になることは裁判の前から決定している。

そのような強硬策を採らねばならないところまで、魔都の政権は追い詰められていた。このままでは文官の子弟にさえ餓死者《がししゃ》が出かねない。そういう段階に達しつつある。

「しかしだ、ラコイト。陛下《へいか》と獣王が手を組んで一気に北上してくるということは有り得ないだろうか」

それは十分に考えられることだった。

だが、〈北の覇王〉はその点にも抜かりなく対処をしている。

「ご心配なく、曾祖父上《おじいさま》。手は、打ってあります」

×　×　×

転進する軍の指揮は、配下の魔王に委《ゆだ》ねた。

退却ではない、転進だと周囲に言い聞かせながらも、やはりこれは無様《ぶざま》な撤退だという思いが〈西の獣王〉ガルバンドを責め苛《さいな》む。

負けることなど、ガルバンドは考えていなかった。六万の軍勢の誰も、そんなことは考えていなかっただろう。

今はただ、サスコ・バウに帰ることだ。

僅《わず》かな供回りだけを連れ、ガルバンドは一路、北を目指している。

考えたくなくても、敗北のことが頭から離れない。四天王たる獣王ガルバンドが、老将の突撃に恐れを抱いたのだ。あって良いことではない。

客将として飼っていたゴブリンシャーマンだけはずっと、〈万化〉のグランとドラクゥの恐ろしさを吹聴《ふいちょう》し続けていた。確か、リ・グダンという名だった。

ドラクゥに手酷《ひど》く負けて、転がり込んできた男だ。経歴と不遜《ふそん》な態度が気に入って自侭《じまま》にさせていたが、こんなことならもう少し重用してやるべきだったと今にして思う。

戦いが終わっても一向に出頭してこないところを見ると、〈万化〉のグランの突撃で死んだか、逃げ散ったか。どちらにしても、もう戻っては来ないだろう。

逃げた、という気がする。何をしてでも生き残ることにかけては、異様な執念《しゅうねん》を感じさせる面構《つらがま》えだった。

生き延びることを甘く見ていた奴から死ぬ。

そういう戦いだった。人虎族の魔王ライググランが死んだのは、グランを舐《な》めていたからだ。死にかけた老体が、あそこまでの力を振るうとは思えなかったのだ。だから、死んだ。

勉強料は高くついた。

死んだのが他の魔王であれば良かったのだ。目障《めざわ》りな人象族の魔王あたりが死ねば、サスコ・バウの風通しが良くなったかもしれない。

しかし、死んだのはライグランだ。

子のないガルバンドは、後継にライグランを指名していた。能力に不満はあるが、獣王に必要な風格は、育ちつつあったのだ。後五年、いや三年あれば、一廉《ひとかど》の魔王に育っていたという気がする。

それも、夢と消えた。

獣王領はまた、長い政治の秋《とき》に突入することになる。

余所《よそ》のことになど構っている余裕は、なくなった。獣王領を誰が引き継ぐのか、早急に決めなければならない。だが、すんなりと決まるはずもないことは、ガルバンド自身が一番よく知っている。

人虎族のライグランを選出したときでさえ、大いに揉《も》めたのだ。残りの魔王たちはそのときの政争で互いに恨《うら》みを抱き合っている。次の政争は必ず陰惨《いんさん》で、血の臭いを伴うものになるだろう。

サスコ・バウに帰ったら、すぐに各氏族の長を招集しなければならない。

だがそれも、〈万化〉のグランが滅茶苦茶《めちゃくちゃ》にしていったことを、ガルバンドは思い出した。

戦争のために生まれてきたかのようなあの老将は、竜鱗陣を一枚一枚粉砕《ふんさい》していくときに、ご丁寧《ていねい》に各氏族の長を狙って突撃していたのだ。

鱗を確実に潰《つぶ》すという意味では、確かに効率が良いだろう。だが、そんなことをされてしまっては、こちらが堪《たま》らない。

獣王軍は各氏族から供出された兵で成っている。

長を喪《うしな》えば、各氏族も混乱することになるのだ。今回の戦いで、失った兵の数はそれほど多くない。少ないと言ってもいいだろう。

それでも転進せざるを得なかったのは、各部隊の指揮官である長たちを討たれたということも大きかったのだ。

本当に、忌々《いまいま》しい。

忌々《いまいま》しいと言えば、ガルバンドが一番腹立たしさを感じている連中はさっさと姿を消していた。シェイプシフターと、人蝙蝠だ。

あのような低俗な連中の口車に乗せられたとは言いたくないが、グランの力量を見誤ったのは人蝙蝠の甘言《かんげん》のせいだった。

こちらの攻撃に呼応してグランに引導を渡すはずだった〈千変〉のジャンなど、姿形さえなかったのだ。

ガルバンドを騙《だま》そうとしたのではなく、向こうで不都合があったのかもしれない。

それでも、見つけ次第縊《くび》り殺すつもりだった。この苛立《いらだ》ちを紛《まぎ》らわせるには、何かしらの生贄《いけにえ》が必要だ。

そこまで考えて、ガルバンドは言い知れぬ不安に襲われた。

ライグランを失った今、獣王軍は大きな攻勢に出ることはできない。守勢に回ればドラクゥにもザーディシュにも遅れを取るつもりはないが、両方が同時に攻めてくるとなれば話は別だ。今の状態では、防戦さえままならないだろう。

やはり、人蝙蝠のバルバベットは生きて捕らえる必要がある。

あいつに唆《そそのか》されたと全ての責任を被《かぶ》せてからでないと、おちおち殺すこともできない。

あるいは、生きたままザーディシュの側に売り付けるという手もある。

今の情勢を考えれば、ドラクゥと和議を結ぶより、ザーディシュと敵対しない方が賢いという雰《ふん》囲気《いき》もあった。

ドラクゥが大魔王に即位してもすぐに魔都を突けないのは、〈北の覇王〉が二十四万以上の兵力を有しているからだ。圧倒的な数の差は、よほどのことがない限り覆《くつがえ》らない。

「いずれにしても、南か北のどちらかと和平を結ばん限りは、落ち着いて戦力を再編することもできんからな」

馬上で誰にともなく呟《つぶや》いたはずだったが、不思議と応《こた》える声があった。

「その心配は、要りませんよ」

「誰だ！」

馬群の前に、少女が一人立っている。

異国風の衣装を身に纏《まと》い、身の丈以上の長柄《ながえ》の武器を構える姿は、魔都で一度だけ見たことがあった。

その身に付き纏《まと》う不吉な噂《うわさ》も、もちろん知っている。

「く、〈黒髪姫《くろかみひめ》〉……」

「あら、私の名前、ご存知でしたか？」

長柄《ながえ》の武器を軽々と振り回してみせながら、少女が嫣然《えんぜん》と微笑《ほほえ》む。

「和議はどちらとも結ぶ必要はありませんよ」

「何だと？」

「だって、獣王軍はしばらく再起不能になるんですもの」

×　×　×

空気が嫌なざわめき方をした。

どこかで誰かが大規模な奇蹟を使ったようだ。それも、近くではない。

一度死んでからというもの、俺はこういう徳《カルマ》の機微《きび》も少しは分かるようになった。お陰で、この戦いにも少しは役立っている。

「ヒラボンも感じた？」

「はい。多分、北の方だと思います。パザンより、もうちょっと北」

「みたいだね」

慶永さんの背中から徳《カルマ》を補充《ほじゅう》しながら、大気に意識を這《は》わせた。どういう奇蹟が使われたのか探ろうとするが、上手く行かない。まだこういう技術に慣れていないのだ。

だが、分かったことがあった。ドラクゥはまだ生きている。それだけは、はっきりとしていた。

別の誰かが狙われたのだろうか。遠く離れたここからでは状況がよく分からないのがもどかしい。

分かったところでこの場を離れるわけにはいかないのだが、それでも情報は掴《つか》んでおきたかった。

「〈黒髪姫〉ですよ」

襲い掛かってきた天使の一撃を軽く往《い》なしながら、エドワードが呟《つぶや》く。

天使との戦いは完全な膠着状態《こうちゃく》になっていた。こちら側に増援が来たことで、天使たちも迂闊《うかつ》に攻撃を仕掛けられなくなったらしい。散発的な攻撃は、エドワードとリルフィスが中心になって防いでいる。

「〈黒髪姫〉？　どうして分かるんだ、エドワード」

「ボクは〈黒髪姫〉との戦いをずっとイメージトレーニングしてますからね。それに、こんな特徴的な気配ってそうそうありませんよ」

「そういうものなのか」

〈黒髪姫〉が出張ってくるとなると、〈北の覇王〉が動いているのだろう。

しばらく死んでいたせいで、今の魔界の状況はさっぱり分からない。〈北の覇王〉ザーディシュと〈皇太子〉レニスの政権の意図もいまいち読めなかった。

奇蹟の発動を感じたのは、多分〈西の獣王〉領の辺りだ。そんなところに〈黒髪姫〉を派遣する理由がよく分からない。

読もうとすること自体が間違っているのだろうか。邪神だなんだと言っても、元は単なる人間だ。戦略や戦術ではドラクゥに勝てないし、技術や発明もエリィナやアイザックには勝てない。ただ見ているだけしかできない邪神に、果たして価値はあるんだろうか。

眼下の戦場を見ていると、その思いが強くなる。

クォンの指揮する陣地の守りは、固い。

訓練された兵ではない一般の市民を中心とした部隊で、敵の攻撃を巧《たく》みに跳《は》ね返し続けている。天使の加護を受けた英雄の集団で〈聖堂〉が陣地を突破してくる場面もあったが、後で粛々《しゅくしゅく》と取り返すということを繰り返していた。

戦闘が続く間にも掘り続けられた塹壕《ざんごう》はもはや迷路のようになっていて、突入した英雄たちも本来の力を発揮できていない。

邪神の力に頼らず、天使の加護を受けた敵と対等以上に戦っている。それが、クォンの陣地の持つ凄味《すごみ》だった。

「こりゃ神界が技術の進歩を嫌がるのもちょっと分かるねぇ」

「慶永さんもそう思います？」

「多分〈聖堂〉は単なる魔界侵攻だと思ってるんだろうけど、これって歴史の転換点になってるよね。英雄の時代の終わりとか、そういうやつ」

「そうですよね。少なくとも、条件さえ整えば英雄はこれまでのように圧倒的な存在ではなくなる」

もちろん、全ての英雄譚《えいゆうたん》が一遍《いっぺん》に滅び去るわけではない。

俺の信者でもある〈戦士の一族〉の少女、ルロ・バンテンとその父親の一騎打ちや、ルクシュナの騎兵隊を自己犠牲《ぎせい》で防いだ司祭の戦いのような物語は、従軍した騎士たちが土産話《みやげばなし》として広めていくはずだ。

それでも、大きな潮目は変わった。

天使の加護という形で残っていた神話の残り香は、皮肉にも〈聖堂〉のもたらした連弩《れんど》によって打ち砕かれたのだ。一度こうなってしまったものは、多分もう二度と戻らない。

騎士たちの土産話《みやげばなし》は、英雄の活躍よりも塹壕《ざんごう》や連弩《れんど》の恐ろしさになるはずだ。目敏《めざと》い連中は電信や俥《くるま》のことについてもあちこちで吹聴《ふいちょう》するだろう。

それだけではない。

「エリィナちゃんのあれ、凄《すご》いねぇ」

「計算してやってるとしたらゲッベルス並みですよ」

「女の子にその喩《たと》えはないんじゃない?」

慶永さんが言っているのは、捕虜《ほりょ》の解放のことだ。突入して来た騎士や歩兵は、今回の戦いに参加しないという誓約《せいやく》と、ほんの僅《わず》かばかりの身代金さえ提出すれば、元の陣に帰ることが許されていた。

このことには最初クォンも難色を示したが、エリィナが総邪神官長の権限を使って押し切ったのだ。それどころか、電信に従事していない信徒を使って、負傷した敵捕虜《ほりょ》の手当てさえしてやっている。

当然、誓約《せいやく》を破って再度戦列に加わる騎士も多い。

それでも二度同じように捕虜《ほりょ》になって、また誓約《せいやく》を破る奴はほとんどいないという話だった。魔物にまで情けを掛けられた恥辱《ちじょく》がどうのこうのと言っているらしいが、もう少し大切な感情が芽生《めば》えかけているのだろう。

命の恩人を憎み続けることは難しい。

この戦いの最中《さなか》、不思議なことに俺の徳《カルマ》の回復量が少し増えた。

人族の信者が増えているのだ。それも敵陣の中で、だ。

捕虜《ほりょ》になった敵に、エリィナたちが邪神ヒラノの名を触れ回っているらしい。

貴方《あなた》が生きて解放されるのは、ヒラノという神の恩寵《おんちょう》によるものです、と言われれば、微《かす》かにではあっても信仰心は芽生《めば》えるのかもしれない。

そこまで全部ひっくるめて、エリィナの策略は恐ろしい限りだった。

このままだと案外、人界にも俺の信者がぽつぽつと増えていくかもしれない。

「ん？」

「今度も大きいねぇ」

慶永さんも感じたようだが、また、奇蹟の波を感じた。さっきの波とよく似ている。エドワードが頻《しき》りに頷《うなず》いているところを見ると、今度も〈黒髪姫〉なのだろう。心なしか、さっきより大きく強く感じた。

「大規模な対軍奇蹟だな、これは」

後方に下がって休憩《きゅうけい》していたギレノールが戻ってくる。

「対軍奇蹟って？」

「今ではもうあんまり使う神もいないが、敵の軍勢を纏《まと》めて吹っ飛ばすようなときに使う奇蹟だな」

「……物騒な奇蹟だな」

「物騒だから使い手も減った。そもそも、こんな奇蹟を使うような状況自体がほとんどなくなったからな。顕現《けんげん》することもないのだから」

「それもそうか。ギレノールは使わないのか？」

「私の専門は結界の方だからな。もっとも、その手のが得意な神なら近くにいるが」

そう言われて辺りを見渡すと、慶永さんがジト目でギレノールのことを睨《にら》んでいた。

確かにそういう派手な奇蹟が得意そうではある。あまり使い道がなさそうな特技というのも、慶永さんらしい。

対軍奇蹟を〈黒髪姫〉が使ったということは、相手は〈西の獣王〉軍だろうか。夜魔族の主力部隊を壊滅《かいめつ》させた前科のある〈黒髪姫〉なら、それくらいのことはやりかねない。

〈北の覇王〉の狙いは相変わらず読めなかったが、何かが起きていることは確かだ。

地上を見下ろすと、敵陣に変化が現われていた。

撤退するつもりなのだろう。陣払いをする騎士団が出始めている。ここよりも北の土地から来ている者が多いのだ。これ以上秋が深まると、小麦の収穫に障《さわ》るというのは、クォンから聞かされていた。

一つの戦いが、終わろうとしている。

×　×　×

「相変わらず、やることが派手だね」

潰走《かいそう》する獣王軍を見て、ティル・オイレンシュピーゲルはわざとらしく肩を竦《すく》めた。

返事はない。奇蹟を使ったばかりの〈黒髪姫〉が、物憂《ものう》げに束髪《そくはつ》を掻《か》き上げる。ここ最近会ったばかりだが、表情には以前よりも険《けん》があった。

本当は〈黒髪姫〉に会うために魔都まで行くつもりが、対軍奇蹟の騒ぎで思わず早く見つけてしまったのだ。

草原に累々《るいるい》と横たわる獣王軍の兵は、〈黒髪姫〉が対軍奇蹟で吹き飛ばしたものだ。その数は数百、あるいは一千以上に達するかもしれない。風に乗って血臭がティルのところまで漂ってくる。

秋の陽は短い。足元から忍び寄りはじめた夜の寂寞《じゃくまく》とした寒さが、曝《さら》された骸《むくろ》をより一層無残に見せるようだ。耐えがたい臭いに上着の袖で口元を塞《ふさ》ぎながら、ティルは戦場跡をつぶさに観察した。

使われた対軍奇蹟は、二発。

これは〈黒髪姫〉の戦い方としては、とても珍しい部類だ。

派手に徳《カルマ》をばら撒《ま》いたこともあるが、基本的に彼女が吝嗇家《りんしょくか》であることをティルは知っている。ちょっとした奇蹟に使うくらいなら、貯めてその分を強さに回す。〈黒髪姫〉とはそういう性格の持ち主だ。

「一発では、退きませんでした」

ティルの考えを読んだように、〈黒髪姫〉が独り言ちる。

手にした方天画戟《ほうてんがげき》を大きく一度振ると、刃先の血糊《ちのり》が払われた。緑の草原に、赤黒い染《し》みが点々と広がる。

美しい顔にも散った赤を親指の腹で拭《ぬぐ》い、舐《な》め取った。

その所作には何処《どこ》か、憂《うれ》いの匂《にお》いがあるようにティルには見える。

「これもまた〈北の覇王〉からのお願い？」

「それ以外にないでしょう。私はザーディシュの邪神です」

「あまり感心しないな。顕現《けんげん》するだけならともかく、軍を二個も壊滅《かいめつ》させるなんて。地上の均衡を大きく崩すんじゃないの？」

ティルが指摘すると〈黒髪姫〉が口元に嘲弄《ちょうろう》を浮かべた。

「その台詞《せりふ》、この世界で二番目に使ってはいけない神だという自覚はありますか、オイレンシュピーゲル。貴方《あなた》の悪行は、世事に疎《うと》い私の耳にも入っていますよ」

「それは光栄。ちなみに後学のために教えて欲しいんだけど、一番は誰？」

答える代わりに〈黒髪姫〉は南の空を指差す。

その方角にはパザンやアルナハ、そして新しい城市がある。領域の支配者であるドラクゥが崇《あが》めているのは邪神ヒラノだ。

地上への介入という点において、確かに今のヒラノに勝てる神は神界天界の両方を見渡しても存在していない。

白鳥城から〈戦女神〉ヨシナガを拉致《らち》してからまだそれほど日が経っていないというのに、ドラクゥの領土では紙が普及しはじめている始末だ。さすがのオイレンシュピーゲルでも、ここまで露骨な介入はしていない。

「ところでオイレンシュピーゲル。貴方《あなた》がわざわざ私を尋《たず》ねてやってくるということは、何か用事があると思うのだけど」

「〈黒髪姫〉は話が早くて助かるね。ちょっとした神探《ひと》しなんだけど」

「あら、誰を探しているというの？」

「それが……ヴィオラなんだよね」

名前を出した瞬間〈黒髪姫〉の秀麗《しゅうれい》な眉が八の字に寄せられた。

怒っているような、面白がっているような表情だ。どちらかというと、後者の割合が強いように見える。

「なるほど、貴方《あなた》にお預けしたのは間違いだったようですね」

「押し付けた、の間違いじゃない？」

「本人を唆《そそのか》して勝手に連れていったようなものじゃありませんか。追っ手を掛けなかった私も私ですが」

「強さのために膨大《ぼうだい》な徳《カルマ》を唯一神から融通《ゆうずう》してもらってるんだから、娘さんの守《もり》くらいはもう少し真面目《まじめ》にするべきだと思うよ」

「連れていった当の本人から言われると、さすがに少し腹が立ちます」

娘という言葉に驚かないところを見ると、彼女もヴィオラが唯一神の娘だと知っていたのだろう。

こうもあっけらかんとされてしまうと、鎌を掛けるのも面白くない。

〈黒髪姫〉が邪神最強とも言われる圧倒的な力を保持しているのは、唯一神と取引をしているからだ。信仰で徳《カルマ》を得られない彼女と、魔界に丁度《ちょうど》良い手駒《てごま》の欲しかった唯一神の利害が一致しての取引だとティルは思っている。

その〈黒髪姫〉に唯一神が娘であるヴィオラを預けた理由は、よく分からない。

天界に置いておきたくなかったのではないかというのは、先だっての大天使長との話の端々から感じ取れた。

天界は唯一神の圧倒的なカリスマによって成り立っているが、忠誠の対象が同じでも派閥《はばつ》は成立し得る。ある派閥《はばつ》にとってヴィオラの存在自体が目障《めざわ》りだということは、十分に考えられた。

「行きそうな場所の心当たりだけでも、ない？」

「私はただ彼女を預かっていただけですからね。強《し》いて挙げるなら私のところでしょうが、戻ってきたという形跡はありません」

「なるほど、これはお手上げかな」

大天使長セシリーにはああ言ったものの、ティルに居場所の目星が付いているわけではない。唯一手掛かりになりそうだった〈黒髪姫〉が何も知らないのであれば、皆目《かいもく》見当も付かないという有り様だ。

「見つけないと厄介《やっかい》なことになる、ということですか」

「上の方の命令でね。お転婆《てんば》お嬢様を見つけてこないと、強制的にアガリを迎えさせられちゃうらしい。表向きは神隠しってことになるんだろうけど」

「あらあら。でも、もうこの世界では散々遊び尽くしたんじゃありません？」

「もう少し遊び足りないかな。まだ壊してない玩具《おもちゃ》が一つある」

脳裏に浮かぶのは、あの頼りない邪神の顔だ。

邪神ヒラノ。あいつが泣いて許しを乞《こ》うところを見るまでは、アガって転生を迎えるつもりにはなれない。

「変なところで律儀《りちぎ》と言うか、完璧主義者なんですね」

「マルクントから聞いたんだけど、〈戦女神〉とかの国ではこういうのを〝ドラゴンのイラストに目が足りない〟って言うらしいね。そういう状態のままでは、何だか気持ちが悪い」

「それを言うなら〝画竜点睛《がりょうてんせい》を欠く〟でしょう。……まぁ良いです」

「何も良くないよ。このままだとボクは天界に戻り次第、大天使長直々《じきじき》にウィッカーマンの生贄《いけにえ》にされてしまう」

まだアガりたくない神を強制的にアガらせるために、天界では種々雑多な拷問《ごうもん》が考案されているという噂《うわさ》だ。悪戯《いたずら》は好きだが、拷問《ごうもん》方面には何の関心もないティルとしては、ご免蒙《めんこうむ》る末路だった。

「良いというのは、貴方《あなた》の処遇です」

「処遇と言うと？」

「義理はありませんが、匿《かくま》ってあげるということですよ」

「それはありがたい。でもまたどういう風の吹き回しで？」

にんまりとした笑みを〈黒髪姫〉が浮かべ、方天画戟《ほうてんがげき》を一振りした。

「〝窮鳥懐《きゅうちょうふところ》に入れば猟師《りょうし》も殺さず〟ですよ。私の敬愛する〝人中《じんちゅう》の呂布《りょふ》〟こと呂奉先《りょほうせん》も窮状《きゅうじょう》に陥《おちい》った劉玄徳《りゅうげんとく》を助けたこともあるのです」

「そのリョホウセンが誰か知らないけど、〈黒髪姫〉のところでボクを匿《かくま》ってくれるのはありがたいな。正直、今の状態で天界には見つかりたくない」

魔界にいれば、大天使長の手も届かないかもしれない。南の戦況次第だが、天界はオイレンシュピーゲル探しにそれほど注力できないのではないかという気がしていた。

もし見つかりそうな気配があれば、また隠れる場所を探すまでだ。

「なんだか悪いね。ただで助けてもらっちゃって」

「もちろん、ただでとは言いませんよ」

「えっ？」

「ザーディシュが本格的に魔界の権力を握るんですから、これからますます忙しくなります。東の方もきな臭くなってきましたし」

ティルの背中を嫌な汗が伝う。ひょっとしてこれは、随分と面倒くさいことに巻き込まれたのかもしれない。〈黒髪姫〉の神遣《ひとづか》いがどの程度荒《あら》いかは分からないが、厄介《やっかい》ごとに巻き込まれるのは苦手だ。

だが、逆に考えれば好都合かもしれない。〈北の覇王〉ザーディシュが権力を握れば握るほど、ティルが悪戯《いたずら》を仕掛ける余地は生まれるに違いない。

「ああ、それと一つ言い忘れていました」

「何かな？　ヴィオラの居場所を思い出したとか？」

「いえ、オイレンシュピーゲル。貴方《あなた》がもし下《くだ》らない悪戯《いたずら》を私やザーディシュに仕掛けようとしたら……」

「したら？」

「その首が今生では身体と泣き別れになることになりますから、気を付けてくださいね」

×　×　×

グランの遺骸《いがい》は、マントに包んで草原に葬《ほうむ》ることになった。

騎兵が戦場で斃《たお》れたときに弔《とむら》うやり方だ。

手厚く葬儀《そうぎ》を執《と》り行うべきだという声も出たが、それを遮《さえぎ》ったのは意外にも孫のジャン・デュ・メーメルだった。

「祖父の葬《ほうむ》り方は、敵将に対するそれとして扱っていただきたい」

パザン政庁の会議室で、ジャンがドラクゥに懇請《こんせい》する。

集まった面々には、グランを国葬に準ずる扱いにしても良いという意見の者が多い。大魔王であるドラクゥの師が死んだのだ。それくらいのことは、して当たり前だという感覚がある。それを、肉親であるジャンは拒絶した。

「どういうことだ、ジャン。分かるように説明してみてくれ」

下問《かもん》するドラクゥの言葉は自然と強くなる。

「はい。理由は三族誅滅《ちゅうめつ》です」

列席する文武の官から唸《うな》り声が漏れる。その一言で、察する者は察したようだ。

グラン自身がドラクゥに寝返ることをしなかったのは、三族誅滅《ちゅうめつ》の刑について脅《おど》しを掛けられたからだった。彼が寝返れば、グラン・デュ・メーメルから三親等以内に当たる人山羊の魔王は誅滅《ちゅうめつ》の対象になる。それを避けるための、あまりに回りくどい戦いだった。

だが、グランの死を〈北の覇王〉側の誰かが見ていたわけではない。

死ぬ前にグランが魔都に叛《そむ》いていたということになれば、悪辣《あくらつ》にも三族誅滅《ちゅうめつ》を発動させる恐れがある。そうなれば、グランの死は全くの無駄だったということになってしまう。

あくまでも、グラン・デュ・メーメルはドラクゥの敵として戦い、戦場に散ったのだ。

いや、そうでなければならない。だからこそ、葬儀《そうぎ》は簡素でなければならなかった。

理由を滔々《とうとう》と述べるジャンの姿には、亡き師の面影《おもかげ》がある。

降将《こうしょう》ではあるが、ドラクゥは彼を新たに設ける魔軍騎兵総監の職に就《つ》けるつもりでいた。生前のグランと同じ職だ。

ただし、名誉職ではない。副総監にタイバンカとアルカスを据え、強力な騎兵部隊を作る指導者になってもらう。そういう仕事にはじめから就《つ》けることに不平の声を上げる者も、カルキンを筆頭に幾《いく》らかあったが、それらは無視することにした。

ドラクゥが本陣を構えた丘の山頂に深く穴を掘り、師を埋《う》める。

墓標《ぼひょう》はない。シュリシアの提案で後に改葬するときのために、目印として最後に使っていた剣の柄《つか》を近くの地面に刺しただけだ。

ここからなら、師が最後に全てを描いた戦場が一望できる。

「墓とも言えない簡素なものになったな」

「先生が生きていても、そうするように言ったと思うがね」

丘の樹々を揺らす風が、北からの冷たい空気を運んでくる。

葬儀《そうぎ》とも言えない細やかな葬送《そうそう》の席だ。ドラクゥとハツカは、少し離れたところから埋葬《まいそう》が終わるのを見つめていた。酒宴の仕度もなく、戦場でそうするように、床几《しょうぎ》に腰を下ろしている。〈万化〉のグランを見送るには、これが良いと思ったのだ。

「〈青〉のダッダの軍師を、師兄《しけい》が引き受けるとは」

「一緒に戦場に出るつもりはなかったさ。だけど、相手が先生だからね。知恵比べではないが、最後に一局指すつもりで協力したようなものだ」

「気持ちは変わらないか」

「こういう場で言うのは卑怯《ひきょう》だぜ、ドラクゥ。揺るがないはずの決意が揺らぎそうな気がしてくる」

「では？」

「駄目だな。ダッダを育てるだけだ。そういう距離感が、丁度《ちょうど》いいと思う」

「そうか」

それきり、兄弟子と弟弟子は何も口を利かなかった。

グランを埋《う》めた場所に、孫のジャンが上等の酒を撒《ま》く。ドラクゥたちが用意したものではなく、自弁したものだ。その支払いは、まだ魔都に軍監として仕えていた頃の給金から賄《まかな》ったという。そういう証明書も、作らせたらしい。

まだまだ策士としては未熟なのだろうが、ジャンはジャンなりに〈千変万化〉の名に恥じぬように生きようとしている。それはとても良いことのように思えた。

「先生のことだがな、ドラクゥ」

「先生がどうかしたのか？」

「三族誅滅《ちゅうめつ》で殺したくなかったのは、本当に人山羊の魔王なのかね」

「……ああ、どうだろうな」

三族誅滅《ちゅうめつ》の対象は三親等に及ぶ。孫のジャンも、当然その区分に含まれるはずだ。ジャンを連れて寝返るという選択肢もあったかもしれないが、アルカスから聞いたグランの遺言《ゆいごん》を思うと、そうしたとは考えにくい。

グランはジャンに、自分自身で道を選べるようにしてやりたかったのではないか。

「もし師兄《しけい》の言う通りだとすれば、とんでもない不器用さだな」

「戦術戦略では魔界の最高峰と言われた先生が、孫の進路のために戦争を一つ起こしたなんて、随分と面白い冗句《じょうく》じゃないか」

「実際、魔都では演劇の題材にしようという話もあるらしいな」

〈万化〉のグランらしい手の回し方だった。

いくつかの芝居《しばい》小屋が名将グランの最期を近日中に舞台化するという興業の宣伝を打ちはじめているると、ダークエルフのシュノンから報《しら》せが入っている。

どう考えても日付の帳尻《ちょうじり》が合わないのは、グランが出発前から馴染《なじ》みの脚本家に今回の戦いの予想されるあらましを書いて渡していたということだろう。

「お笑い草だと思わんか、ドラクゥ。〈北の覇王〉も〈西の獣王〉も〈皇太子〉も〈大魔王〉でさえも読み切れなかった〈万化〉のグランの秘策が、台本の形で魔都の脚本家の手の内にはあったということだぜ。後世の史家は大いに悩むだろうな」

「先生らしい茶目っ気というやつか」

「ああ、先生らしいよ。オルビス・カリスの一件も含めて」

ハツカの言うオルビス・カリスの一件というのは、糧食《りょうしょく》のことだ。

グランの戦死とジャンの降伏によって、思わずドラクゥの手に支配権が転がり込んでくる形となった港町には、驚くほど豊富な物資が補給品として積み上げられていた。

師がダーモルトに頼んで手配していた物資だ。〈赤の軍〉一万五〇〇〇を丸抱えすることで空腹を抱えることになりかねなかった大魔王軍にとっては、これ以上ない贈り物だ。

遺産のようなものだろうとジャンは笑っていたが、実際にそうなのだろう。

「オルビス・カリスについて獣王ガルバンドは何も言ってきていないのか、ドラクゥ」

「それが少し妙なのだ、師兄《しけい》」

「妙、とは？」

「サスコ・バウが、慌《あわただ》しい」

獣王の後継指名を受けていた人虎の魔王が死んだという噂《うわさ》は、既に流れている。だが、どうやらそれだけではない気配なのだ。戦場から引き揚げる途中で何かに襲われたという話なのだが、敵が何なのか判然としない。

箝口令《かんこうれい》をすり抜けるように漏れ伝えられる情報を総合すると、恐ろしく小勢の敵に良いようにやられ、獣王ガルバンド自身も大きく負傷したという。

「獣王がしばらく動かんというなら、結構なことではないか。その間に新たに得た占領地のことも手配できるだろう。勝ったとはいえ、南もゴタゴタしているんだろうし、僥倖《ぎょうこう》だと思って時間を上手く使うことだな」

「それはそうだ。だが、何者が獣王を襲ったのかが、気になる」

問い掛けに、ハツカは応じない。

常識を超えた何かが関わっているということに、師兄《しけい》が気付いていないはずはなかった。それを認めないのは、ハツカが邪神を含めた怪力乱神《かいりきらんしん》の類《たぐい》を信じていないからだ。

おそらく邪神ヒラノと直接会わせてみても、結果は変わらないだろう。そういう頑《かたく》なさがハツカにはある。

「いつ襲いくるか分からぬものに備えるより、見えている敵に備えるべきだと思うぞ、大魔王陛下《へいか》」

「師兄《しけい》、そういう呼び方は止《よ》してくれ、と言ったはずだ」

話をはぐらかすところを見ると、師兄《しけい》も何かを感じているのだろう。

それが分かっているから、ドラクゥもこれ以上は踏み込まない。今は他に備えなければならないことが、山のようにある。

「備えると言えば、我が弟子殿は東をどうするつもりなのだ」

「東と言うと、叔父上か」

「なかなか面白い手を使う。さすがにレニスよりも大魔王家の血を色濃く受け継いでいると言うだけのことはあるな」

〈法皇《ほうおう》〉リホルカンが、怪しげな動きを見せていた。

邪神ヒラノは人族だというのだ。数々の奇蹟《きせき》を目の当たりにしたドラクゥは、それが嘘だと断言できる。だがそれも、実際にヒラノを見たことがない者には意味がない。

魔界の多くの民は、ハツカとは逆の意味で頑《かたく》なだ。現世利益をもたらす邪神への信仰は日常生活と深く結びつき、目には見えなくとも敬虔《けいけん》な信者は多い。

だからこそ、目に見え、手で触れ、言葉を交わすことのできる邪神というものがにわかには受けいれがたいということも分かる。

ドラクゥの叔父、リホルカンはそこを突いた。

邪神ヒラノは人族の詐術師《さじゅつし》であり、ドラクゥはそれに誑《たぶら》かされているというのだ。これまで魔界に何の関心も示さなかった人族が大挙して攻め込んできたのが、何よりの傍証《ぼうしょう》だという。

口車に乗せられる者が、意外に多かった。

既にリホルカンのいる〈東の冥王領《めいおう》〉には賛同者が集まりはじめている。リホルカンの主張に同意している者だけでない。ドラクゥが魔都を奪還しても、ザーディシュがこのまま居座っても、甘い汁を吸えそうにない者が、東へと脱出を始めている。

ドラクゥの領地でも密《ひそ》かに連携しようとする者がいるという報《しら》せは受けていた。

古くからその地を治めている小豪族などには、ドラクゥの政策は受けいれにくいのかもしれない。

クォンやフィルモウの掲《かか》げた新政策も、彼らの神経を逆撫《さかな》でしているようだ。対〈聖堂〉戦に参加した市民には、新城市の運営に参画する権限を与えようという動きだ。

ラーナやラ・バナンは難色を示したが、ドラクゥは推し進めるように指示を出した。

そのことが、古い考えの豪族たちには合わなかったのだろう。

「叔父上が周辺にばら撒《ま》いている檄文《げきぶん》を見る限り、大魔王に就《つ》くつもりはなさそうだな」

「代統領《だいとうりょう》、だったか。面白いことを考え付くものだ」

大魔王家の血統は、絶えた。それがリホルカンの主張だ。

正確に言えば、大魔王に就《つ》く資格のある者がいなくなったという主張である。だから誰かが大魔王の代わりを務めるしかない。それが、リホルカンの言う代統領制だ。

リホルカンは〈法皇《ほうおう》〉と兼任する形で、既に初代代統領という肩書を署名に使っている。

手を組むことは、難しいだろう。

代統領という存在自体が、大魔王と相容れない。あちらの主張をこちらが容れることはできないし、それはリホルカン側も同様だ。

「叔父と甥《おい》で争うというのは大変だな、ドラクゥ」

「リホルカン叔父上は大層な野心家だ。先代大魔王である祖父が、それを恐れて僧職に圧《お》し込んだほどだから、よほどだな」

「野心で魔界を割る、か」

〈皇太子〉レニスも近日中に即位するという噂《うわさ》が流れていた。

これで、大魔王の座が二つと、代統領の座が一つ。魔界の天下が、期せずして三つに分かれることになる。

統一が遠のいたとは思っていない。今のドラクゥの独力で、〈北の覇王〉を倒すことはまだ不可能だ。魔都政権がグランに持たせた兵が二万の騎兵だけだったから辛《かろ》うじて凌《しの》げたが、例えば一〇万の軍に攻められれば、今の大魔王軍では耐え切ることさえ難しい。

「三帝分立、か」

呟《つぶや》くようにハツカが漏らした。

〈大魔王〉ドラクゥ。

〈代統領〉リホルカン。

そして、〈皇太子〉レニスと〈北の覇王〉ザーディシュ。

三帝分立。確かに、今の魔界の状況はそう言っても良いかもしれない。それを平らげて、一つにする。この戦乱を終わらせるには、それより外《ほか》に道はない。

丘の上を撫《な》でるように、また寒風が吹き荒《すさ》んだ。

ジャンとアルカスが、こちらに歩いてくる。葬儀《そうぎ》は、終わったらしい。

いつの間にか、ハツカは姿を消している。ダッダの軍は、リホルカンへの備えとして東へ動かすことになっていた。それに同行するのだろう。

領地が拡がり、家臣も増えた。

それでも、ふと気が付けば孤独を感じることが多くなっている。

王の心は、王にしか分からない。大魔王は孤独に砥《と》がれるから大魔王になる。ハツカの言葉が、水に落とした染料のようにゆっくりとドラクゥの中に染み込んでいた。

邪神ヒラノは、どうしているだろうか。

南の戦場を助けてくれたという話は聞いている。ともに走っているのだ。
そのことが、今のドラクゥには堪《たま》らなく、心強かった。

Re:Monster
リ・モンスター
1~6
外伝
金斬児狐
Kanekiru Kogitsune
シリーズ累計
23万部
突破!
ネットで話題沸騰!
怪物転生
ファンタジー
転生したのはまさかの
最弱ゴブリン!?
怪物だらけの異世界で、壮絶な
下克上サバイバルが始まる
ストーカーに刺され、目覚めると最弱ゴブリンに転生していたゴブ朗。喰えば喰うほど強くなる【吸喰能力《アブソープション》】で異常な進化を遂げ、あっという間にゴブリン・コミュニティのトップに君臨—— さまざまな強者が跋扈する弱肉強食の異世界で、有能な部下や仲間達とともに壮絶な下克上サバイバルが始まる!
■各定価：本体1200円+税
■illustration：ヤマーダ
待望の
コミカライズ!
いよいよ刊行!
■漫画：小早川ハルヨシ
■定価：本体680円+税
アルファポリスHPにて大好評連載中!
アルファポリス 漫画
検索

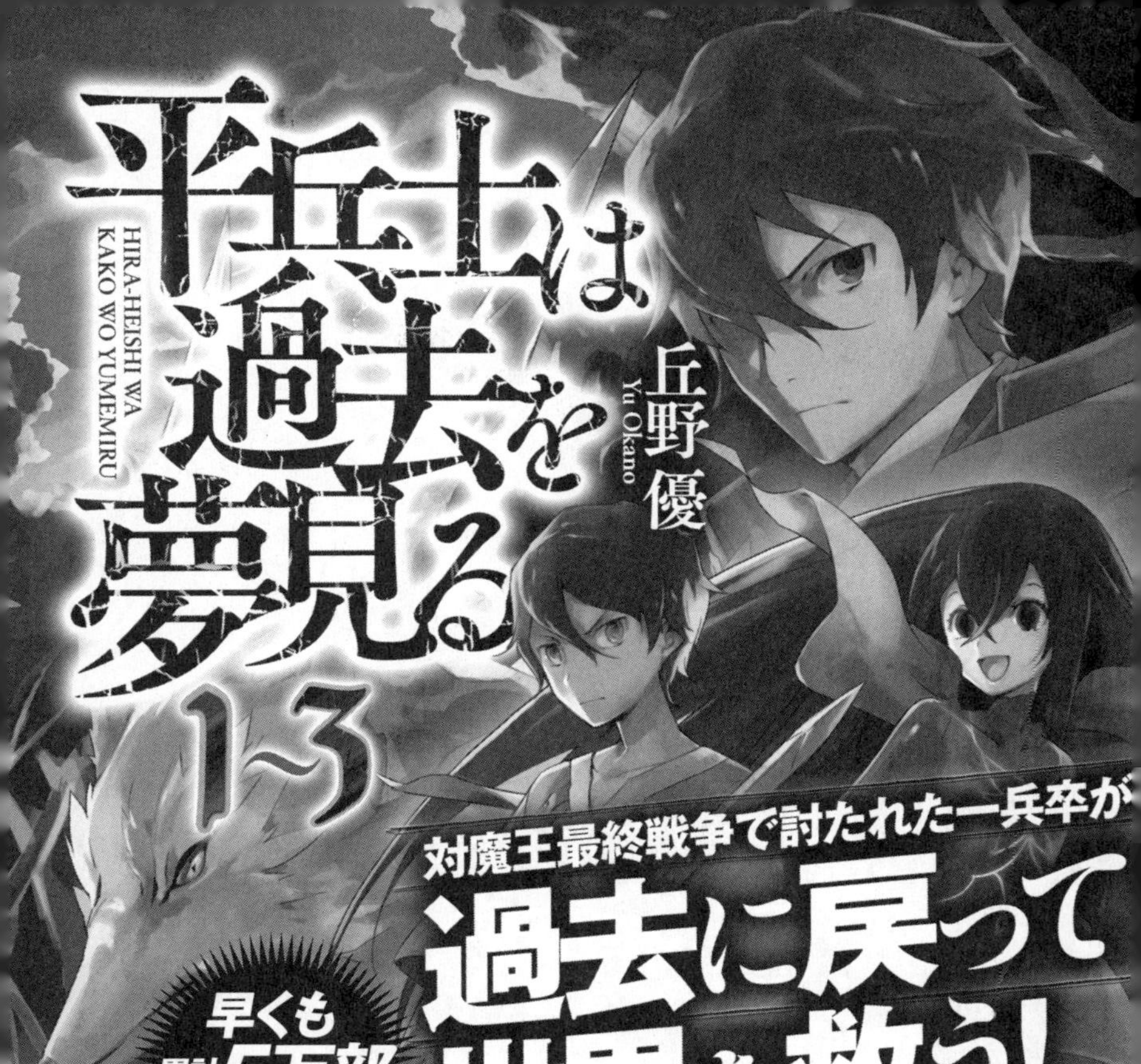
平兵士は過去を夢見る
HIRA-HEISHI WA KAKO WO YUMEMIRU
丘野優
Yu Okano
1~3
対魔王最終戦争で討たれた一兵卒が
過去に戻って
世界を救う!
早くも
累計5万部
突破!

平兵士は過去を夢見る
平兵士は過去を夢見る 2
平兵士は過去を夢見る 3
思いがけない再会
5万部突破!
魔の森で
巨竜討伐に挑む!

迷宮と精霊の王国

The kingdom of labyrinth and spirits

Tounosawa　Keiichi
塔ノ沢 渓一

異世界に転生しても、生きるためにはお金が必要!

戦利品のために モンスターを狩りまくれ!

Webで大人気の金稼ぎ ダンジョンファンタジー、開幕!

三十五歳の誕生日を目前に死んでしまった男、一葉楓《いちようかえで》。彼は、神様のはからいで、少し若返った状態で異世界に転生する。しかし、知識やお金など、異世界で生きていくのに必要なものは何も持っていなかった。そんなとき、たまたま出会った正統派美少女のアメリアが、隣国のダンジョンにもぐり、モンスター退治をして生計を立てるつもりだと知る。カエデは、生活費を稼ぐため、そしてほのかな恋心のため、彼女とともに旅に出ることにした――

定価：本体1200円+税　ISBN：978-4-434-20355-8

illustration：浅見

蝉川夏哉（せみかわなつや）
1983年、大阪府生まれ。大阪市立大学文学部卒。
会社勤めの傍ら、読書趣味が高じて文章を捻り始め「邪神に転生したら配下の魔王軍がさっそく滅亡しそうなんだが、どうすればいいんだろうか」でデビューするに到る。著書は他に『異世界居酒屋「のぶ」』（宝島社）がある。

イラスト：fzwrAym
http://pinkpopcornzombies.web.fc2.com/

本書は、「小説家になろう」（http://syosetu.com/）に掲載されていたものを、加筆・改稿のうえ書籍化したものです。

邪神に転生したら配下の魔王軍がさっそく
滅亡しそうなんだが、どうすればいいんだろうか5

蝉川夏哉（せみかわなつや）

2015年 2月 28日初版発行

編集－加藤純・太田鉄平
編集長－塙綾子
発行者－梶本雄介
発行所－株式会社アルファポリス
〒150-6005 東京都渋谷区恵比寿4-20-3 恵比寿ｶﾞｰﾃﾞﾝﾌﾟﾚｲｽﾀﾜｰ5F
TEL 03-6277-1601（営業） 03-6277-1602（編集）
URL http://www.alphapolis.co.jp/
発売元－株式会社星雲社
〒112-0012東京都文京区大塚3-21-10
TEL 03-3947-1021
装丁・本文イラスト－fzwrAym
装丁デザイン－ansyyqdesign
印刷－中央精版印刷株式会社

価格はカバーに表示されてあります。
落丁乱丁の場合はアルファポリスまでご連絡ください。
送料は小社負担でお取り替えします。

ISBN978-4-434-20354-1 C0093